Merry Christmas

&

Happy New Year ♡

아름답고 아름다워질 당신에게

최 별 지음

FOREST
WHALE

차 례

Chapter 2.

힘들고 불안한 삶이 찾아올지라도

Chapter 3.

꿋꿋하게 이겨내고 꽃을 피우리라

Chapter 4.

사랑받고, 행복해야 마땅한 사람

Chapter 5.

당신은 그런 사람입니다

프롤로그

이 세상에는 자신이 소중하다는 것을 모르는 사람들이
참 많은 것 같습니다.
사실 우리는 개개인의 매력과 재능을 가지고 있음에도
불구하고 여러 요인들에 의해 빛을 보지 못하는지도
모릅니다.

남과의 비교로 인한 자신감의 결여, 나 자신에게 가지
지 못하는 확신들이 당신을 위축시키고 외롭게 하는지
돌아봅시다.

언제나 그렇듯이 하루하루를 살아내 온 당신만으로도 멋지고 보람된 삶을 살고 있다고 말해주고 싶습니다.
수많은 걱정과 번뇌, 고민들로부터 자유롭지 못한 이 세상에서 살아내는 것은 당신이 살고자 하는 의지가 강한 사람이고 앞으로 더 행복할 자격이 있는 사람이라는 뜻입니다.

이 책을 읽고자 하는 당신에게 그런 의지를 응원해주고 싶습니다.
열심히 살아내 왔기에, 앞으로도 살아갈 당신이기에, 충분히 행복할 자격이 있으며 아름다운 인생을 살아갈 것이라고 확신합니다.

당신이 살아왔던 삶의 길을 차근차근 돌아보고, 앞으로의 계획에 대해 생각해 보았으면 좋겠습니다.

그것 만으로도 살아갈 의지가 있고 또 아름다워질 인생의 첫 발을 내딛었다고 할 수 있을 것입니다.

Chapter 1.

세상에서 가장
소중한 당신에게

좋은 날이 올 거라고 확신합니다.

겨울이 지나 봄이 오듯,

당신의 인생에도 행복할 날이

따뜻하게 다가올 겁니다.

— 최 별 —

존재의 의미

가끔 잊고 사는 사람들이 있습니다.
자신이 세상에서 가장 소중한 존재라는 사실을 말입니다.

능력이 뛰어나지 않아도, 돈이 많지 않아도, 사회적 지위가 높지 않아도, 사실 그 무엇도 아니어도, 당신은 존재 자체로 소중한 사람입니다.

그저 한 사람으로서 숨을 쉬며 살아간다는 것, 사람에게 사랑을 느낀다는 것,
안타까운 사람을 보면 연민을 느끼는 것, 웃을 때 가장 행복해 보인다는 것만으로도

이미 사랑받고 사랑하며 살아가야 할 사람입니다.

자신을 비하하고 부정할 필요 없습니다.
당신의 생각, 행동, 가치관은 이 세상에서 단 하나뿐인
매우 고유한 것입니다.
그 자체만으로도 의미 있고 소중한 것임을 잊지 말아
야 합니다.

그러므로 자신감을 가지고 행복하게 살아가세요.
인생에 대한 후회와 고민은 어제에 묻어두고
오늘부터는 가장 멋있어지고 아름다워질 당신을 응원
해주세요.

노력이 빛날 때가 반드시 옵니다.

힘듦을 참고 열심히 했다는 것만으로도

이미 반짝일 준비가 되어 있는 것입니다.

― 최 별 ―

감사의 인사

새벽부터 뜬 눈을 비비며 일어나 아이들 식사를 챙겨
주는 당신에게,

가정을 지키기 위해 아침부터 만원 지하철에 몸을 싣
는 당신에게,

사회에서 부당한 대우를 받더라도 아내와 자식을 생각
하며 꾹꾹 눌러 참는 당신에게,

부모님의 짐을 덜어 드리려 아르바이트를 열심히 하는
당신에게,

세상에 선한 영향력을 전파하기 위해 노력하는 당신에게,

가끔 자식이 밉더라도 항상 사랑으로 키워 주시는 당
신에게,

하고 싶은 말이 많지만 마음속으로만 되새기는 배려 깊은 당신에게,

모두가 나서지 않을 때 용기를 내어 손을 드는 당신에게,

사는 것이 힘들지만 꿋꿋이 용기를 내어 살아가는 당신에게,

감사의 인사를 드립니다.

당신의 소중한 인생 하나하나가 모여 세상을 아름답게 만듭니다.

누구나 하고 있다고 생각할 수 있으나 사실 누구나 할 수 있는 일은 아닙니다.

책임감을 가지고 각자 인생의 주인공으로서 열심히 살아가고 있다는 것만으로도 칭찬받아 마땅합니다.

매일이 행복할 수 없음에도, 남을 위해, 자신을 위해 삶을 살아나가는 것은 굳센 의지와 자신감이 꼭 필요합니다.

당신은 강인한 사람입니다.

굳세게 살아 와줘서 고맙습니다.

앞으로는 보다 행복한 삶이 당신과 함께 하기를 바랍니다.

나 자신을 믿고, 꿋꿋이 걸어가야 합니다.

당신만의 매력이 세상에서 가장 아름답고

소중한 보물입니다.

− 최 별 −

아름다움의 정의

외모는 사람들의 가장 중요한 관심사 중에 하나입니다.
어떻게 하면 더 예뻐질 수 있는지,
보다 아름다워질 수 있는지에 대해 굉장히 고민하고
이야기를 나누곤 합니다.

하지만 우리는 내면의 아름다움을 보다 중요하게 생각
할 필요가 있습니다.
사람이 사람을 생각하는 배려심, 내 가족을 사랑하는
마음, 연인만 바라보는 예쁜 마음이 그 사람을 진정 아
름답게 만듭니다.

내면의 아름다움이 있는 사람은 표정에도 마음이 드러납니다.

그런 사람의 얼굴에는 온화함과 행복함이 있습니다.

외모만 아름답다고 해서 인생이 행복하지는 않습니다.

외모보다 중요하게 생각해야 할 것은 언제나 행복할 수 있는 마음가짐의 아름다움입니다.

나는 당신이 아름다워졌으면 좋겠습니다.

마음속에 여유와 기품이 넘쳐 온화한 얼굴을 하며 살아 갔으면 좋겠습니다.

속의 아픔들과 고민들을 떨쳐버리고, 이제 아름다워질 시간입니다.

당신의 어제와 오늘이 불행했더라도,

내일부터 새롭게 시작하면 됩니다.

하루 하루를 즐겁게 살아가면 행복한 인생을 살았다고

이야기할 날이 반드시 찾아옵니다.

− 최 별 −

걸어온 길

우리는 나름대로 열심히 공부했습니다.

학창 시절을 지나 어느덧 성인이라는 책임이 주어진 채로 취업의 관문을 또 다시 뚫어야 합니다.

이미 경쟁사회에 지친 우리에게 또 다시 경쟁이 주어진 셈입니다.

열심히 취업의 경쟁을 뚫고 나니, 아뿔싸, 이제는 결혼이라는 녀석이 슬금슬금 고개를 내밀며 자기를 봐 달라고 합니다.

결혼도 하고 나니 이제는 자식을 낳아 길러야 하고.

이것 참, 나의 인생은 존재하는 것일까요.

내 인생에 나라는 사람을 위해서 보낸 시간은 얼마나 되는 걸까요.

당신의 인생은 어떤가요.
당신도 저와 비슷한 경쟁사회에서 살아가다가 어느덧 나이만 먹어버린 기분인가요.

자신의 삶에 내가 없다면 그게 무슨 의미가 있을까 생각해 봅니다.
누구의 인생을 살고 있는 것인지, 무엇을 위하여 달려가고 있는 것인지 잠시 멈춰 생각해볼 필요가 있습니다.

목적지 없이 무작정 뛰어간다고 해서 원하는 도착지가 나오지는 않습니다.
가끔 멈춰서 지도를 살펴보며 잘 가고 있는지 점검해 보고, 운동화 끈도 다시 조여줘야 지치지 않습니다.

당신이 걸어온 길이 비록 나처럼 남을 위해 살았다고 하더라도,

이제는 그러지 않았으면 좋겠습니다.

사랑하는 가족도, 나의 자식들도, 우리의 부모님도, 나부터 존재해야 챙겨 줄 수 있습니다.

열심히 사랑하는 사람들을 위해 살아온 당신이 이제는 자신을 위해서 살았으면 좋겠습니다. 하고 싶은 것도 하고, 먹고 싶은 것도 먹고, 사고 싶은 것도 사면서 인생의 행복을 누리며 살았으면 좋겠습니다.

걸어온 길이 비록 순탄치 않고 힘듦의 연속이었어도 이제부터 걸어갈 길은 툭툭 털고 일어나 자신을 위해 살아갔으면 합니다.

당신답게 살아가는 모습이 가장 행복하고 매력 넘치는 모습일 테니까요.

힘들었어도, 꿋꿋하게 살아온 당신이 자랑스럽습니다.

잘했던, 잘 못했던 그저 이겨냈다는 것,

이렇게 잘 버텨냈다는 사실에 박수를 보내고 싶습니다.

− 최 별 −

방황할 때 알아야 할 것

1. 잃어버린 길이 있듯이 찾아낼 길도 반드시 존재한다.
   걱정하지 말고 천천히 방법을 생각해보자.

2. 방황은 쉬어 가라는 신호이다.
   고생 많았던 당신, 조금은 쉬어 가도 괜찮다.

3. 가슴 뛰게 원했던 일이 무엇이었는지 되돌아보자.
   좋아하지 않는 일을 하다 보면 본능적으로 브레이크
   가 걸린다.
   그것은 다시 한 번 생각해 보라는 신호이다.

4. 남의 속도에 자신을 비교하지 말자.

   빨리 뛰는 사람은 필히 빨리 지치게 되어 있다.

   당신만의 속도로 천천히 뛰다 보면

   어느새 원하는 바를 이룰 것이다.

5. 무엇을 향해 가고 있었는지 생각해 보자.

   의미 없이 달려가기만 한 것은 아닌지,

   목표를 향해 질주하고 있던 것이 맞는지 돌아보자.

6. 애써 답을 찾으려 하지 말자.

   방황의 근본적인 해결은 해답을 찾는 것이 아닌

   마음을 안정시키는 것이다.

7. 욕심을 버리고 다 내려놓자.

   가지고 싶은 것이 생기면 미련이 생기기 마련이고

   지금의 삶과 비교하다 보면 욕심이 생기기 마련이다.

   손에서 모든 것을 내려 놓을 때 비로소 편해질 수 있다.

8. 남 때문에 생긴 방황인지를 생각해 본다.

   나의 문제가 아닌 다른 사람 때문에 생긴 문제라면
   가볍게 무시해도 좋다. 남이 인생을 살아주는 것이
   아니기 때문이다.

9. 한 달 전에 걱정했던 것이 기억에 남지 않았듯이,
   지금 하는 걱정이 평생 갈 거라는 생각은 버리자.

10. 우리는 오늘을 산다. 미래에 대한 불안함 때문에 방
   황에 빠졌다면 걱정할 필요 없다.
   오늘을 잘 살아가다 보면
   미래도 잘 살게 될 것이다.

너무 착하게만 대해줘도 기어오르는 사람들이 있습니다.

가끔은 혼도 내 주는게 심신에 이롭습니다.

– 최 별 –

예스맨

그런 친구가 있습니다.

부탁에도 거절을 잘 못하고 무조건 알겠다고만 하는 친구 말입니다.

왜 다 들어주냐 물어보면 '거절하기 미안해서, 상대방의 마음이 상할까봐'라고 말합니다. 정말 미안해야 사람은 자신인데 말입니다.

무조건적으로 사람들의 부탁을 들어줄 필요는 없습니다. 당신이 싫다면 단호하게 거절할 수 있는 능력도 갖추어야 합니다.

거절하지 못하고 다 들어준다면, 부탁한 사람은 당연히 괜찮은 줄 알고,

혹은 알면서도 당신에게 더 많은 것을 요구할 것입니다.

자신을 해쳐가며 다른 사람을 위하는 것은 그다지 이롭지 못한 행동입니다.

마음 약하게 'YES' 보다는 단호하게 'No' 할 줄 아는 사람이 되었으면 좋겠습니다.

가끔은 할 말은 할 줄 아는 사람이 보다 속 시원하게 세상을 살아 갈 수 있습니다.

부탁은 항상 당신이 허용할 수 있는 범위 까지만 들어주세요.

그리고 자신의 마음 깊은 곳에서 하는 말에 귀를 기울이세요.

내가 원하는 것이 무엇인지, 나에게 부탁하고 싶은 것은 없는지 말입니다.

남의 일을 봐주느라고, 나를 소홀히 해버린 건 아닌지 돌아보았으면 좋겠습니다.

좋아하는 음식을 먹고, 사랑하는 사람들과 함께하는,
그런 소소한 행복을 놓치고 살고 있는 것은 아닌지요.

오늘은 다시 돌아오지 않습니다.
나를 위해 살아야 할 때를 묻는다면 바로 지금이라 이
야기하고 싶습니다.

너무 완벽하려고 하는 것도 병입니다.

− 최 별 −

완벽주의자

흔히 들 하는 말, '나는 완벽주의자'라고 많이들 이야기합니다.

여기서 주목할 것은 '완벽주의자'라고 이야기할 뿐, '완벽하다'라는 말은 잘 하지 않습니다.

사실 그들도 알고 있습니다. 완벽할 수 없다는 것을 말입니다.

끝마친 음식에도 부족함이 있고, 완성한 레포트에도 허점이 있기 마련입니다.

사람은 완벽할 수 없습니다. 그저 완벽했으면 하는 바램으로 살아가고 있을 뿐.

완벽에 가깝게 살아가면 뿌듯함은 있습니다. 그러나 그 또한 피곤함을 유발합니다.
완벽주의자는 보는 사람에게 있어서 피곤함을 유발하기도 하지만 자신 또한 피곤해지기 쉽습니다.

스트레스를 받으며 '완벽주의자' 가 될 바에는 차라리 좀 허술하게 살았으면 좋겠습니다.
실수도 좀 하고, 빈틈도 보여주면서 그런 자신을 받아들였으면 합니다.
가끔은 화를 내기도 하고, 쉬운 일을 헤매기도 하고, 잘못도 하면서 살아가는 것이 인생사입니다.

조금 내려놓고 편해지세요. 굳이 완벽하지 않아도 됩니다.
그저 인생을 당신의 생각대로 예쁘게 꾸며갔으면 좋겠습니다.

하고 싶은 일도 하고, 장애물을 만나면 피하기도 하고, 극복도 하면서 힘을 빼고 살아가기를 바랍니다.

최선을 다할 때보다 조금 힘을 풀고 살아가는 것이 훨씬 더 여유 있고

삶을 피곤하지 않게 살아가는 방법입니다.

세상이 당신을 억지로 끌어내리려 할지라도

하고자 하는 일을 끝까지 해내기를 바랍니다.

당신의 소중한 진심과 노력을

모두가 알아줄 때가 반드시 옵니다.

― 최 별 ―

도전에 대한 두려움

일을 하다 보면 문득 그런 생각이 듭니다.
'이 일이 나에게 맞는 것일까, 정말 이 길이 맞는 걸까.'
라는 생각 말입니다.

여태까지 해온 밥벌이라 그냥 저냥 하는데 사실 적성
에도 맞지 않고,
자신이 좋아하는 일이 아닌 경우가 많습니다.

현실의 벽에 부딪혀 원하는 일을 못하는 경우도 있습
니다.
돈이 되지 않거나, 몸이 아프거나, 가족의 반대에 부딪혀서, 혹은 실패할까 두려워서 그럴 수 있습니다.

한가지 확실한 것은 자신이 원하지 않는 곳에서 일을 하게 되면 능률이 전혀 오르지 않는다는 것입니다.
그저 다른 사람들하고 비슷하게 흘러가거나 능률이 오르더라도 좋아하는 일이 아니기 때문에 '노동'이 될 가능성이 높습니다.

하루의 최소 8시간을 일터에서 보내는 우리는 일하는 시간이 즐겁지 않다면 인생의 3분의 1을 불행하게 보내는 것이나 다름없습니다.

그래서 우리는 도전해야 합니다.
자신이 좋아하는 일을 찾고 그 일에 부딪혀 봐야 합니다.
물론 처음이라 두려울 수 있고, 현실의 벽에 부딪혀 생각이 많아질 수 있습니다.

그래도 꿋꿋이 버티고 이겨내야 합니다.
당신은 지금 행복하지 않기 때문에, 일에 보람을 느끼

지 못하기 때문에 좋아하는 일에 새로운 도전이 필요한 것입니다.

돈을 쫓는 일도 중요합니다만, 능률이 오르지 않는 분야에서 돈으로 성공하기란 매우 어렵습니다.
자신이 좋아하는 것을 찾고 한 우물을 열심히 팔 때 비로소 원하는 쾌거를 이룰 수 있습니다. 저는 당신이 원하는 일에 도전하라고 말하고 싶습니다.

그냥 해왔던 일이어서 계속해서 일을 하는 것은 별로 현명하지 못한 선택입니다.
가끔은 결단력 있는 자세가 당신을 행복으로 이끌어 줄 겁니다.
당신은 강인한 사람, 좋아하는 일의 도전은 반드시 결실을 맺어올 겁니다.

여행을 가도, 맛있는 것을 먹어도

싫어하는 사람과 함께라면

그곳이 바로 지옥입니다.

− 최 별 −

해를 끼치는 사람

은근하게 약을 올리는 사람들이 있습니다.

머리 끝까지 화나게 해 놓고는 장난이라는 말 한마디로 무마하려는 그런 사람들을 보면 굉장히 기분이 언짢습니다.

당신에게도 해를 끼치는 사람이 있다면 가볍게 무시하시기를 바랍니다.

당신을 편안하게 생각하는 것과 얕잡아 보는 것은 많이 다른 이야기입니다.

기분을 나쁘게 하거나 '이 사람이 왜 이러지'라는 생각이 든다면 그는 당신에게 긍정적인 영향을 주는 사람이 아닙니다.

그런 사람에게 신경쓰기에는 당신의 시간이 너무나 아깝습니다.
인간관계에 영향을 줄까 고민을 한다면 그 또한 걱정하지 마세요.
정리해야 할 관계를 굳이 들고 있는 것은 버리려 할 물건을 안고 있는 것과 다를 것이 없습니다.

단호한 선택이 필요한 때입니다.

내일은 행복하고 좋은 일만 가득할 거예요.

좋은 꿈 꾸고, 잘 자요.

− 최 별 −

잠 못 드는 밤

수많은 고민에 잠에 들지 못하는 밤입니다.

낮에 있었던 일이 마음에 걸리는지 뒤척임만 커지고 있네요.

이렇게 하면 어땠을까, 저렇게 하면 어땠을까. 후회가 밀려옵니다.

더 걱정이 되는 것은 아직 대비하지 못한 내일입니다.

우려했던 일이 일어나게 된다면 더욱 큰 고통에서 스트레스를 받을 것이라는 생각에 밤을 지새우게 되네요.

우리 조금만 편안하게 내려 놓으면 어떨까요.

'내일은 내일의 내가 하겠지'라는 생각으로 말입니다.
오늘 있었던 일도 사실 인생의 테두리에서 본다면 그리 큰 일은 아닙니다.
그저 수평선 위의 작은 점일 뿐입니다.

누구나 실수할 수 있고, 잘못할 수 있습니다.
아직 일어나지 않은 일을 미리 걱정하는 것은 옳지 않습니다.

당신이 걱정하는 것과 다르게 내일은 행복하고 좋은 일이 가득할 거예요.
당신의 노력이 빛을 보는 날이기 때문입니다.
무슨 일이던 잘 될 거고 꼭 해낼 겁니다.
당신은 여태까지 실패하더라도 다시 일어섰고, 멋지게 맞서며 잘 살아왔잖아요.

그러니 오늘은 아무 걱정 말고 편안하게 잠들기 바래요.
행복하고 좋은 상상만 하면서 편안하게 잠에 들 거예요.
오늘도 고생 많았고 노력 많이 하셨습니다.
천천히, 아주 천천히, 꿈 속으로 가기로 해요.

한 주간 힘들었던 당신이

쉼 있는 하루를 보냈으면 좋겠습니다.

고된 삶 속에서 단비 같은 휴식이

행복을 가져다 줄 거거든요.

− 최 별 −

쉬어도 괜찮다

흔히들 열심히 살아야 한다고들 말합니다.

모두가 최선을 다해 살기 때문에 뒤쳐지지 않게 하기

위해서 말입니다.

그래서 그런지 얼굴이 많이 상했습니다.

가진 것을 아등바등 지키려고, 더 노력해서 많은 것을

얻고 싶은 마음에 힘들이는 만큼 몸과 마음은 지쳐갑

니다.

당신의 하루는 어땠나요.

어쩌면 당신은 아등바등 살았을지도, 그저 남들 하는

만큼만 하며 살았을지도, 혹은 다 내려놓고 편하게 살았는지도 모르겠습니다.

어느 쪽이 되었건 좀 쉬어 갔으면 좋겠습니다.
열심히 살았어도, 다 내려놓고 편하게 살았어도 마음이 편한 휴식을 누리면서 마음에 안온함을 주었으면 좋겠습니다.

돈을 많이 벌어도, 가진 것이 많아도, 권력을 가지고 힘을 가진다 하더라도 내 마음이 편하고, 내 뱃속 편하면 세상 부러운 게 없습니다.

그러니 우리 쉬어 갑시다.
정말 아무 걱정 없이, 머릿속을 비우고 그저 쉼을 위한 휴식을 취했으면 좋겠습니다.
괜찮습니다. 쉬지 않는다고 해서 나빠질 것은 없습니다.
당신의 마음이 편안해야 모든 것이 시작되는 것입니다.

예쁘다, 아름답다, 사랑스럽다, 고귀하다.

다 당신 이야기입니다.

－ 최　별 －

나이가 들수록 예쁘다

그거 아십니까.

당신은 나이가 들수록 아름답습니다.

세월의 흔적 속에 더욱 더 깊이 무르익는 당신의 아름다움에 그저 놀라울 따름입니다.

단풍나무도 봄, 여름에는 그 아름다움을 알려주지 못합니다.

그러나 가을이 되면 화사한 단풍의 색깔로 예쁨을 뽐냅니다.

당신의 가을은 아직 오지 않았습니다.

봄, 여름에 머무른 당신이 아름다울 수 있는 것은 그 선한 마음과 순수함에 있지 않나 싶습니다.

사람한테 상처받고, 힘듦에 짓눌려도 굳세게 살아 남아 꽃을 피운 것처럼
당신의 가을은 지금보다 훨씬 더 아름답고 고귀할 것입니다.

Chapter 2.

힘들고 불안한 삶이
찾아올지라도

선택과 집중이 필요한 때가 반드시 옵니다.

− 최 별 −

정해지지 않은 길

이 길이 맞는지 저 길이 맞는지 우리는 많은 고민을 합니다.
특히 두 가지의 길이 있다면 그 중에서 선택하기란 여간 쉬운 일이 아닙니다.

그 이유는 바로 정해지지 않은 길이기 때문입니다.
인생에 정답이 없듯이 우리가 선택하는 길 또한 정답이 없기에 더욱 두려운 것입니다. 어느 한 길을 선택하여 갔어도 다른 길은 가 본적이 없기 때문에 후회가 남을 수 있습니다.

'다른 것을 선택했다면 더 좋지 않았을까'

그런 생각을 할 수는 있습니다. 그러나 후회는 하지 마시기를 바랍니다.
당신은 그 선택에 대해 최선의 판단을 내렸고 우리는 당시의 선택을 존중해줘야 합니다.
당신이 부정하는 순간 자신이 바보 같았다고 생각할 뿐 전혀 도움 되는 것이 없습니다.

그저 자신에게 '잘했다. 우리 다음에도 좋은 선택을 해보자'라고 이야기 해 주세요.
그때의 줏대 있는 결정이 나중에 또다시 중요한 결정을 해야 할 때 큰 밑거름이 되어줄 겁니다. 당신은 분명 아주 멋진 결정을 할 거예요.

자신을 믿어주고 격려해주는 사람은 반드시 좋은 선택을 하게 되어 있거든요.

나의 사랑, 나의 첫 번째 사랑

− 최 별 −

누가 알아주지 않더라도

당신은 오늘도 아침에 일어나 힘든 몸을 이끌고 만원 버스에 몸을 싣습니다.

언제라도 사표를 가슴 속에 품고 살아가지만 사랑하는 가족을 위해 출근을 합니다.

오늘도 회사에서 누구보다 빠르게 일을 해내야 합니다. 저녁에 어린이집에 아이를 데리러 가야해서 야근이 불 가능 하기 때문입니다.

다른 직원들은 점심 먹고 커피 한잔하며 쉬어 갈 때 당 신은 바로 업무에 돌입할 수밖에 없습니다.

그렇게 일을 마치고 아이를 찾으러 가니, 반겨주며 웃어주는 얼굴에 행복하지 않을 수가 없습니다.

집에 와서 저녁 준비를 합니다.
남편은 야근을 하고 늦게 들어오기 때문에 오기 전까지 육아로 다시 업무 모드에 돌입합니다.

그렇게 돌아온 남편에게 저녁을 차려주고 나니 이제 잘 시간입니다.
오늘 하루도 이렇게 지나갔습니다.
누구도 알아주지 않았지만 누구보다도 바쁘게 살아간 당신입니다.

알지 못하더라도 우리의 어머니는 이렇게 힘든 삶을 살아 오셨습니다.
그저 불평 불만 없이 자식을 위해, 가정을 위해 희생한 어머님들이 자랑스럽고 존경스러울 뿐입니다.

오늘 어머님께 꽃 한 송이 해드린다고 해서 알아주는

이 없습니다.

전화로 사랑한다고 말 한마디 한다고 알아주는 이 하나 없습니다.

주말에 비싼 곳은 아니지만 한끼 대접해 드린다고 해서 알아 주는 사람 하나 없습니다.

그러나 우리는 그렇게 했으면 좋겠습니다.

우리들의 어머니께서 그저 희생하셨듯 우리도 어머니를 위해 가슴 따뜻한 사랑을 보여드리는 것이 도리가 아닐까 생각해봅니다.

곁에 있는 사람들에게 항상 잘해주세요.

당신을 믿고 사랑해주는 그런 사람들이요.

서로의 내면을 안아주고 공감해줄 때

우리는 비로소 행복한 삶을 나눌 수 있어요.

− 최 별 −

곁에 믿어주는 사람이 있음을

힘들 때 혼자 삭히는 것이 습관이 된 사람들이 있습니다.
사실 그도 그럴 만한 것이 크지 않은 슬픔과 불안은 얘
기를 하며 풀 수 있는데, 자신이 생각할 때 너무 크다고
생각되는 것들은 입 밖에 내기가 굉장히 무섭기 때문
입니다.
마치 대역 죄인이 된 것 같고, 큰 잘못을 한 것같이 느
끼며 죄책감을 가지거나, 너무 큰 걱정에 어찌해야 할
지를 모르며 스트레스를 받을 수도 있겠습니다.

그러나 생각보다 사람들은 그렇게 큰 잘못이라고 생각
하지 않습니다.

당신이 생각하는 걱정을 말 한다고 해서 하늘이 무너지거나, 삶이 송두리째 바뀌지 않습니다. 오히려 그것을 품에 안고 걱정하며 살아가는 당신의 인생이 천천히 무너져 갈 수는 있겠습니다.

그러니 슬픔과 불안을 혼자 삭히지 말기를 바랍니다. 곁에 있는 사람들에게 말하고 나누며 살아가세요. 당신 곁의 좋은 사람들은 이야기를 듣고 공감하며 위로해줄 겁니다.

당신은 행복해야 할 사람,
부디 그 짐을 혼자 짊어지고 가지 않았으면 좋겠습니다.

감정을 있는 그대로 받아들이세요.

부정하려 하면 더 괴로울 뿐입니다.

그리고 자신에게 이야기해주세요.

괜찮다, 괜찮다.

내려 놓음이 당신을 편안하게 해줄 겁니다.

− 최 별 −

불안해하지 않아도 돼

아침에 눈을 뜨자마자 불안함을 느끼기 시작합니다.
그렇게 길고 길게 괴롭혀온 불안감은 오늘도 나를 감싸 안습니다.

그럴 때마다 저에게 이야기합니다.
'괜찮다, 괜찮다, 다 좋아질 거다.'

당신의 오늘은 어떠하신지 여쭙고 싶습니다.
물론 불안하지 않으셨으면 좋겠지만
만약 불안하시다면 저에게 썼던 주문을 외워 드리겠습니다.

'괜찮다, 괜찮다, 다 좋아질 거다.
아무것도 아니다.'

불안하고 힘들었을 때마다 저에게 썼던 주문입니다.
이제는 필요가 없어졌지만 그 때는 저를 살려줬던 정
말 필요한 주문입니다.

불안이 완전히 사라지지는 않습니다.
그러나 우리에게는 극복하고 이겨낼 수 있는 의지와
힘이 있습니다.
불안 따위에 지지 마세요. 언젠가 '그땐 왜 그렇게 무서
워했을까' 하며
코웃음 칠 날이 반드시 찾아옵니다.

불안을 극복하고 나면 다른 사람들은 인생을 이렇게
행복하게 살고 있었다는 사실에 살짝 질투도 나면서
굉장히 행복해집니다.

당신의 그날이 꼭 올 겁니다.

그때까지 자신이 할 일을 묵묵히 하면서 불안함과 마주하세요.

불안, 그까짓 거 아무것도 아닙니다.

너무 많이 울지는 않았으면 좋겠습니다.
당신이 지내온 날보다 앞으로 지낼 날들이
훨씬 더 아름답고 소중합니다.

− 최 별 −

무척 우울한 날

그저 그런 날이 있습니다. 아무 이유 없이 우울한 날 말입니다.

날씨가 맑으면 우울하지 않을 거라고 생각하는데 사실 날씨는 중요하지 않습니다.

그저 오늘 나의 기분이 우울하면 우울한 날이 되는 것입니다.

당신의 날도 그러한 날이 있을 것 같습니다. 무척이나 우울하고 견딜 수 없는 슬픔에 아무것도 할 수 없고 해낼 힘도 없는, 그런 날 말입니다.

우울을 겪어보지 못한 사람들은 '힘내'라는 말을 쉽게 하지만 사실 그 말은 전혀 도움이 되지 못합니다. 하지만 그 사람들의 마음을 고맙게 생각하기에 그저 '고맙다'라고 말로 표현만 할 뿐, 우울함을 유영하며 시간을 보내는 것에는 변함이 없습니다.

사실 우울함을 이겨낸다는 말은 맞지 않습니다.
그저 우울한 시간이 지나가기를 기다릴 뿐입니다.

어느 덧 시간이 지나 우울함이 조금 가라 앉았을 때 창문을 열어봅니다.
비가 추적추적 내리는데 무언가 마음을 대변하는 것 같아 빗 방울에 위로를 받습니다.
저 빗방울이 느끼는 감정도 하염없는 슬픔과 우울함일지 생각해보며 시간을 보냅니다.

그럼에도 불구하고 오늘을 살아나가겠다는 생각이 듭니다.

우울한 날이 있으면 행복한 날이 있고, 좋은 날이 열흘 중의 하루라도 그런 날이 있기에, 나머지 우울한 아홉 날이 의미 있는 것이라는 생각이 듭니다.

비록 하루의 행복일지라도, 그 날을 손꼽아 기다리며 우울의 시간을 유영할 것입니다.
살다 보면 좋은 날이 오듯, 당신의 우울도 좋아질 날이 반드시 찾아올 것입니다.
그것이 열흘 중의 하루라도, 그 하루를 위해 우리는 살아갈 의미가 있는 것입니다.

우울함의 함정에 빠져 인생을 낭비해서는 안 됩니다.
우리는 우울해도 할 일을 해내고, 운동도 하고, 밥도 잘 먹으며 행복하게 살려고 노력해야 합니다.

우리가 행복을 위해 노력했다는 것만으로도 의미 있는 인생이기에,
당신의 오늘이 우울하더라도 그 날을 위해 열심히 살아갔으면 좋겠습니다.

죄의식, 죄책감, 죄스러움.

그 모든 것에서 편안해지기를 바랍니다.

괜찮습니다. 다 좋아질 겁니다.

— 최 별 —

불안할 때 가져야 할 마음가짐

1. 불안함은 지속되지 않습니다.

   밤이 오면 다시 아침이 오듯, 안정될 때가 반드시 옵니다.

2. 괜찮습니다. 모든 일에 대비 할 수는 없습니다.

   조금 실수하고 잘못되어도 큰 일이 일어나지 않습니다.

3. 가끔은 '될 대로 되라'라고 생각하는 게 속 편합니다.

   내가 하지 않아도 세상은 잘 돌아갑니다.

4. 불안한 마음의 기제는 내 마음속에 있습니다.

　나 자신을 잘 살펴주고 어디가 아픈지 알아주세요.

5. 혼자 이겨내려고 하지 마세요.

　당신을 사랑하는 사람들이 옆에 있음을 기억하세요.

6. 불필요한 죄의식을 가질 필요 없습니다.

　다른 사람에게 상의를 했을 때 괜찮다는 느낌이 든
　다면,

　자신을 너무 학대하지 마세요.

7. 쓸데없는 생각들은 소설에 가깝습니다.

　걱정을 내려놓고 편안해지시기를 바랍니다.

8. 불안이 함께하더라도 당신은 반드시 이겨낼 겁니다.

　굳센 의지가 불안을 집어삼킬 것입니다.

9. 내일은 오늘보다 더 행복할 것이라는 것,

　당신의 인생은 아직 행복이 오지 않았다는 것을 기억해 주세요.

10. 생각이 많을수록 해결하려 하지 말고 내려놓으세요.

　불안의 개선은 해결이 아닌 내려놓음 입니다.

어깨 펴고 당당하게,

당신 오늘 정말 멋져요.

— 최 별 —

당신은 해낼 사람

처음 운전 면허 교습을 받았을 때가 생각납니다.

그때는 왜 그렇게 운전이 어려웠는지 모르겠습니다.

차선을 맞추는 것도 힘들고, 깜박이 켜는 것은 금방 잊어 버릴 뿐더러 신호위반이나 안 하면 다행이었던 시절이 있었습니다.

지금은 그때에 비하면 운전을 잘한다 라고 말할 수 있을 것 같습니다.

최소한 교통법규는 준수하는 편이니까요.

시간이 지나면 못했던 일도 잘할 수 있게 되는, 저희는 그런 사람입니다.

당신의 어려움은 어떤 것이었나요. 과거에 있었던 어려움이 지금까지 남아 있나요.

생각해보면 운전 면허와 같이 과거에 쉽지 않았던 것들이 이제는 그저 생활의 일부가 된 것들이 많습니다.

그 모든 것은 자신이 할 수 있음을 믿어주었기 때문입니다.

그렇습니다. 당신은 무엇이든 해낼 사람입니다.

어려운 일이 닥쳐도 해낼 것이고 위기가 와도 지혜롭게 대처할 사람입니다.

지나온 역경들을 발판삼아 교훈을 얻어낼 현명한 사람입니다.

당신의 끈기는 어려움을 끝까지 버텨내게 해줄 것이고, 지혜는 해결할 수 있게 답을 찾아 줄 것입니다.

그러니까 아무 걱정할 필요 없습니다. 여태까지 잘 해왔고, 잘 해낼 겁니다.

집착을 버리면 비로소 판단이 선다.

− 최 별 −

오늘을 산다

시간이라는 녀석은 참 신기합니다.

과거, 현재, 미래가 있다고 하지만 사실 현재는 우리가 느끼기도 전에 과거가 되어버립니다. 그래서 우리는 어쩌면 과거와 미래만을 그리며 살아가는지도 모르겠습니다.

지나간 과거를 회상하고 다가올 미래를 꿈꾸며 살아가는 생각을 많이 하지만 현재가 아름답다는 사실은 잘 인지하지 못합니다.

그도 그럴 것이 현재라는 시간은 찰나의 감각에 지나지 않기 때문입니다.

그럼에도 불구하고 우리는 현재를 살아갑니다.

지금 이 순간 책을 읽는 당신의 지금이,

친구들과 시간을 보내고 있는 당신의 지금이,

휴식을 취하며 음악을 듣고 있는 지금의 당신이 모여

현재라는 시간을 만들어 냅니다.

당신의 오늘은 어떤지 묻고 싶습니다.

어쩌면 과거에 기억에 얽매여 현재를 불행하게 보내고

있는지도 모르겠습니다.

심지어 당신의 미래도 어두울 것이라고 생각할 수도

있겠습니다.

그거 아십니까.

과거를 아무리 돌아본다고 한들, 이미 지나온 일을 다

시 되돌릴 수는 없다는 사실을 말입니다.

우리는 한 일에 대해 후회하기보다는 해야 할 일에 대

해 생각하고 앞으로 나아가야 합니다. 당신의 과거는

바꿀 수 없지만, 현재와 미래는 바꿀 수 있습니다.

오늘을 잘 살아간다면 당신의 과거는 행복으로 다시 시작될 것이고 그런 날이 쌓인다면 당신의 과거와 현재, 미래는 모두 잘 살았다고 표현할 수 있겠습니다.

그저 지나간 과거를 손에서 놓아주고 오늘을 행복하게 살아가세요.
좋아하는 것을 하고, 맛있는 것을 먹고, 소중한 사람들을 만나고, 원하는 바를 이루기 위해 노력하세요.

그리고 행복할 미래를 꿈꾸세요.
앞으로 해야 할 계획들, 사랑하는 사람과 함께할 수많은 시간들, 내가 하고 싶었던 모든 일들을 다 이루며 살아가세요.

당신은 그럴 수 있고 그렇게 해야만 합니다.
특별한 당신이 이 세상에 태어난 이유는 행복하게 살아가야 하기 때문입니다.

그래서 오늘을, 지금 이 순간을 살아갔으면 좋겠습니다.

가만히 눈을 감고 귀 기울여보세요.

당신의 숨소리, 내면에서 하는 수많은 이야기들을 들으며 내가 살아 있음을 느껴 보시기를 바랍니다.

과거에 살면 불행할 수밖에 없지만 오늘을 살면 행복하게 살아갈 수 있습니다.

당신은 소중한 사람, 그런 사람에게는 오늘을 특별히 더 누릴 권리가 있습니다.

가져야 할 행복을 잘 간직하기를 바랍니다.

그 어떤 불안감이 찾아오더라도 행복으로 맞서 싸울 수 있게 말입니다.

우울한 사람에게 힘내라는 말이

얼마나 무책임한 말인지

알지 못하는 사람들이 꽤 많습니다.

− 최 별 −

외로움

혼자 있는 것이 편한 세상이 왔다고는 하지만 사실 마냥 행복하지는 않습니다.

가장 크게 다가오는 것은 외로움입니다.

자존심에 외롭지 않다고 말을 하기도 하지만 마음 한 켠에서는 사무치게 사람에 대한 그리움이 존재하고 있을지도 모릅니다.

함께 살아가도 마찬가지입니다.

사랑하는 사람이 있어도, 가족과 함께해도 왠지 모를 우울감과 외로움이 다가올 때가 있습니다.

어쩌면 우리는 외로움과 평생을 살아가야 하는 것인지도 모르겠습니다.

태어날 때도 혼자, 흙이 될 때도 혼자라고 생각한다면 그것이 세상의 이치인가 싶기도 합니다.

우리는 이 외로움을 잘 받아들여야 합니다.

필연적으로 피할 수 없다면 감내하고 마음속에 잘 자리잡도록 도와주고 해소시켜주는 것이 나를 지키는 길입니다.

외로워질 때는 사랑하는 사람에게 솔직하게 이야기할 필요가 있습니다.

당신 때문은 아니어도 나는 지금 외롭다고 말입니다.

사람은 위로 받고, 함께 손잡고 살아가는 존재입니다.

혼자서 외로움을 이겨내려고 하지 마세요.

혼자 운동을 하고, 혼자서 취미를 즐기고 한들 외로움은 쉽게 사라지지 않습니다.

오히려 내 마음을 터놓고 상대방과 이야기 하고 공감

해 줄 때 우리의 외로움은 쉽게 수그러듭니다.

곁에 항상 사람을 두세요.
사랑하는 사람과 가족, 친구들을 항상 가까이하세요.
외로움은 혼자 견디는 것이 아닙니다.

사람들에게 힘들다고 이야기도 하고 약한 모습도 보여
도 됩니다.
당신의 그런 사람 다운 모습이 오히려 사람 냄새나는
사람으로 만들어 줄 테니까요.

세상의 대부분이 서민이라고 하던데
내 주변에는 왜 이리들 잘 사는지 참 부럽습니다.

− 최 별 −

열등하다는 생각

회사 동료가 이번에 차를 새로 샀다고 합니다.
제가 갖고 싶던 중형 고급 SUV 차량을 샀기에, 축하를
해주던 찰나에 문득 그런 생각이 들었습니다.

'왜 나는 저렇게 좋은 차를 가지지 못할까.'
'나보다 저 사람이 돈도 많고 먼저 자리잡은 게 이렇게
열 받아야 하는 일인가.'

이제는 동료가 전만큼 좋지 않은 느낌입니다.
사실 그 동료는 아무것도 하지 않았는데 말입니다.
그저 편하게 이야기했을 뿐인데 내가 가지지 못한 것

에 대해 열등감을 느끼다니요.

우리는 살면서 많은 열등감을 가지고 살아갑니다.
돈에 대한 열등감, 외모에 대한 열등감, 직업에 대한 열등감, 많이 가진 자에 대한 열등감 등 많은 열등감 속에 부족해 보이는 자신을 발견할 때는 기분이 매우 언짢아질 때가 많습니다.

대체 왜 열등감을 가지고 살아가는 것일까요.

좋은 의미의 열등감은 사람의 발전에 긍정적인 영향을 미칩니다.
'저 사람보다 내가 더 잘 되어야겠다' 라는 심리적 발판은 노력을 하게 만들테죠.

그러나 열등감이 너무 커지게 되면 자기 비하로 이어질 수 있습니다.
'나는 왜 저 사람보다 못할까, 왜 나는 이렇게 태어났을까' 하면서 말입니다.

그런 자기 비하적인 열등감은 도움이 되지 않습니다.

언제나 나보다 나은 사람이 있음을 인정하고 나면 생각 외로 마음이 편해집니다.
마음의 만족은 남과의 비교가 아닌 내 스스로 만족할 때 진정으로 행복해질 수 있습니다.

남보다 잘 해서가 아닌, 내 스스로의 기준에 만족했을 때 자신을 칭찬해 줘야 합니다. 끝없는 비교와 질투, 욕망은 결국 자기 파괴로 이어집니다.

아무리 예쁘게 외모를 가꾸어도, 아무리 많은 것을 가져도, 나에게 없는 것을 가진 사람을 보면 그것을 쟁취하고 싶기 때문에, 결국 만족할 시간은 사라지게 되는 것입니다.

자기 스스로 가지고 싶은 것이 무엇인지, 당신의 기준은 무엇인지 생각해 보시기를 바랍니다.
그것이 남과의 비교로 이어진다면 그것은 열등감을 조

장할 수밖에 없습니다.

그러니 남과 비교하지 말고 항상 자신의 줏대를 가지고 살아가세요.

당신이 열등감을 가진다고 해서 열등한 사람은 아닙니다.

오히려 발전적인 생각을 가지고 열심히 살아갈 멋진 사람입니다.

다만 그 열등감을 잘 이용하여 당신의 인생을 풍요롭게 만들었으면 하는 바램 입니다.

자신의 기준선 안에 목표를 설정하고 남과 비교하지 않는 선에서 인생을 살아갔으면 좋겠습니다.

남의 인생이 아닌 당신의 인생을 살아가야 존재의 이유가 있기 때문입니다.

알지도 못하는 것들이 말이 많습니다.

— 최 별 —

힘들게 하는 사람 대처 법

1. 가볍게 무시합니다.

   안 좋은 영향을 주는 사람에게 쓸 시간은 없습니다.

2. 잘해 주기만 해도 우습게 아는 경우가 있습니다.

   단호하게 해야 할 때입니다.

3. 고마움을 몰라주는 사람에게 관심 주지 마세요.

   교양이 없는 사람은 상대할 필요 없습니다.

4. 당신을 시기 질투하는 사람이 있다면 기쁘게 생각하세요.

   그 사람보다 당신이 더 나은 사람이니까요.

5. 화를 낼 때는 내야 합니다.

   너무 참기만 하면 우습게 보고 더 귀찮게 할 것입니다.

6. 자리를 피해버리세요.

   굳이 감정 노동하며 함께하지 않아도 됩니다.

7. 한 귀로 듣고 한 귀로 흘리세요.

   쓸데없는 말은 당신의 귀를 더럽힙니다.

8. 상대방이 뭐라고 하건 당신만의 길을 걸어가세요.

   자신만의 목표를 세우고 굳건히 걸어 갈 때 원하는 바를 이룰 수 있습니다.

9. 다 아는 것처럼 말하고 다니며 뽐내는 사람이 있습니다.

불쌍히 여기세요. 아무도 알아봐 주지 않아서 응석 부리는 중이거든요.

10. 모두에게 좋은 사람일 필요는 없습니다.

사랑하는 사람들에게 집중했으면 좋겠습니다.

오늘도 편지 할게요.

− 최 별 −

고생한 당신에게 쓰는 편지

오늘 하루도 힘들었겠습니다.

사람들 사이에서 치이고, 사회에서 이겨내려 노력하고,

사랑했던 사람에게도 어쩌면 그리 환대 받지 못한 하

루를 보냈는지도 모르겠습니다.

요즘, 많이 힘들어 보입니다.

행복하게 웃던 얼굴은 사라지고 어느새, 걱정과 근심

이 가득한 모습만이 눈에 선합니다.

사는 게 뭐라고 참, 사람을 힘들게 합니다.

그저 열심히 살아보고자 했을 뿐인데, 어떻게든 해내

고자 했을 뿐인데, 오히려 마음의 상처만 많이 안아 버

린 당신입니다.

그래도 당신, 정말 멋있습니다.

아무리 힘들어도 꿋꿋하게 앞을 향해 나아가는 모습이 누구보다 자랑스럽습니다.

많은 힘듦 속에서도, 마음의 상처를 받아가면서도 끝까지 해낼 수 있는 것은 당신이 강인한 사람이기 때문입니다.

어깨 펴고 당당하게 걸었으면 좋겠습니다.

당신은 내가 본 사람 중에 가장 멋지고 배울 점이 많은 사람입니다.

만약, 너무 힘들다면 쉬어 갔으면 좋겠습니다.

당신의 몸과 마음을 갉아먹으면서 고생하며 살아갈 필요는 없습니다.

어떤 날은 그저 아무 이유 없이 휴식도 취하고,

어떤 날은 아무 이유 없이 놀러가기도 하며,

어떤 날은 아무 이유 없이 조그마한 일탈을 즐겨도 좋을 것 같습니다.

그런 선택이 당신의 인생을 보다 즐겁게 할 것이기 때문입니다.

자신의 몸과 마음을 돌아보며 조금만 고생하고, 조금만 아파하고, 많이 행복하고, 많이 웃을 수 있는 그런 인생을 당신이 살기를 바랍니다.

참 힘든 일이 많습니다.

일일이 신경 쓰다 가는 내가 먼저 죽겠습니다.

그냥 그러려니 하며 사는 게 속 편합니다.

− 최 별 −

무덤덤함의 승리

완벽하려 하는 사람들의 특징이 있습니다. 굉장히 예민하다는 것입니다.

가끔은 너무 날카로워 말을 붙이기 힘들 지경입니다.

반면에 흘러가는 대로 살아가는 사람도 있습니다.

그런 사람들은 무덤덤한 분들이 많습니다.

완벽한 인생과 무덤덤한 인생을 선택하라면 당신은 어떤 인생을 살아 가실 건가요.

가끔은 무덤덤하게 살아가는 것이 도움이 될 때가 있습니다.

큰 일이 일어났어도 괜찮다 생각하며 침착하게 대처할 수도 있고

모든 일에 민감하지 않기에 사람이 여유 있어 보이고 믿음직스러운 면도 보입니다.

사람에게 스트레스를 너무 받아 예민해져 대인 관계를 기피하는 것보다

둔감한 무덤덤함을 가진 채 어울려 살아가는 게 더 행복한 인생이 아닐까 생각됩니다.

그래서 모든 일에 무덤덤함을 가지며 살아가려는 자세가 필요 합니다.

당신이 무덤덤함을 가지고 살아간다면 전보다 더 인생이 행복해질 것이라는 생각이 듭니다.

적당히 만족하고, 적당히 가져가고, 적당히 행복한 삶이 사실은 우리가 원하는 삶이 아닐까요.

아름다운 밤입니다.

당신과 함께이기에 더욱 그렇습니다.

– 최 별 –

별 바라기

퇴근 길에 문득 하늘을 올려다보면 별들이 예쁘게 반짝이고 있습니다.
저 많은 별들 중에 저를 반기는 별이 있는지 물어보면 당연스럽게도 아무 대답이 없습니다.

그래도 별을 보고 있으면 이 생각, 저 생각에 잠깁니다.
살아왔던 인생도 돌아보고, 내가 사랑했던 사람들도 기억하며 여러 추억에 잠깁니다.

신기하게도 밤의 감수성이 그런 것 같기는 하지만 유독 별은 추억을 미화시킵니다. 아무리 힘들었던 일도,

그 때는 정말 울고 싶었던 일들도 괜찮은 것처럼 말입니다.

문득 그런 생각이 듭니다.
'별들이 나를 위로 해주고 있는 것은 아닐까'라는 생각이요.
반짝거리면서 이야기를 하는 것 같습니다.

'열심히 살아온 너의 삶이 나처럼 반짝일 날이 올 거야.
그러니까 항상 열심히 살아 갔으면 좋겠어.'

이런 이야기를 듣는 기분이 드는 것은 지나친 감수성일 수 있지만 그래도 오늘만큼은 그냥 환상에 잠기고자 합니다.
별과 함께 밤을 지새우며 그저 하염없이 바라보고 싶습니다.

유독 반짝이는 별도 있고, 희미 해져 가는 별도 있습니다.
하지만 어떤 별 이어도 다 자신의 매력을 가지고 있기

에 아름다운 것 같습니다.

그저 그런 날입니다. 별과 함께 넋두리를 즐기며 감성에 젖고 싶은 그런 날 말입니다.

Chapter 3.

꿋꿋하게 이겨내고
꽃을 피우리라

살아가고, 또 살아가고, 살아내야만 합니다.

그것이 불행일지라도

− 최 별 −

나이를 먹는다는 건

나이 문화를 좋아하지는 않지만 나이에 대해 존경을 표하는 것 중의 하나가 있습니다. 그 사람의 나이는 인생을 얼마나 잘 버텨왔는지를 증명해주는 숫자라는 생각이 듭니다.

언제든 넘어졌을테고, 언제든 그만 두고 싶었을 지점이 있었을 겁니다.

그럼에도 그 시간까지 삶을 살아가며 인생이라는 책을 쓰고 있는 사람,

나보다 더 인생이라는 책을 많이 쓴 사람들이 존경스럽습니다.

당신이 돌뿌리에 걸려서 넘어졌더라도 다시 일어나서 걸어온 세월을 칭찬해주고 싶습니다.

앞으로 어떤 시련이 닥쳐오더라도 다시 도전할거고, 세상이 당신을 억지로 까 내리려 해도 오뚝이처럼 꼿꼿이 서있을 겁니다.

당신의 지나온 세월은 그저 시간만 보낸 날들이 아닙니다.

모든 날들은 노력과 의지로 만들어낸 소중한 삶의 기반입니다.

그래서 당신은 칭찬받아 마땅한 사람입니다.

잊어서는 안 됩니다.

당신은 고귀한 존재라는 것을요.

− 최 별 −

기억하기

어느새 문득 주위를 돌아보니 나라는 사람이 어떤 사람이었는지 잊고 살 때가 많습니다. 사람들에게 맞춰주다 보면 나를 잊기도 하고, 가족을 위해 헌신하다 보면 나의 색깔이 많이 옅어 질 때가 있습니다.

지나간 과거를 생각해 보면 전에는 자신감도 있고 판단도 잘하는 젊은 사람이었는데 살다 보니 두려운 것도 많아지고 우유부단해진 자신을 발견하게 될 때도 있습니다.

그럴 때 우리는 자신을 다시 찾아내야 합니다.

나는 어떤 사람이었는지, 무슨 목표를 가지고 살아왔는지, 좋아하는 것은 무엇이었고, 가치관은 어떠했는지 생각해보며 그 시절로 돌아가 봐야 합니다.

그리고 당신을 다시 데리고 오세요. 잊혀졌던 자신을 이끌어내 '내 삶의 주체는 나'라는 것을 보여주세요. 내가 나다워질 때 비로소 인생이 시작되는 것입니다.

괜찮습니다, 별일 아니에요.

하늘이 무너지거나, 인생이 파탄 나지 않습니다.

너무 걱정하지 마세요.

− 최 별 −

힘듦의 정도

가끔 그 정도로 힘드냐고 훈수를 두며 지적하는 사람
들이 있습니다.
본인에게 그 정도는 아무것도 아니라고 하면서 말입
니다.

사실 그 말은 틀린 말입니다.
그 사람에게 힘들지 않다고 해서 내 힘듦이 별거 아닌
것은 아닙니다.
그저 힘듦을 느끼는 영역과 깊이가 다른 것뿐입니다.

그래서 당신의 힘듦은 정당합니다.

잠도 못 이루고, 아픔의 늪에서 허우적거리게 하는 힘
듦은 겪어본 사람만이 알 수 있는 고통입니다.

알지도 못하는 사람들이 위로는 못해줄 지 언정 다 안
다는 듯이 현자 마냥 정답이라고 생각하는 것들을 내
뱉습니다.

그런 것들은 당신에게 아무런 도움이 되지 못할 것입
니다.

지금 당신에게 필요한 것은 그런 해결책이 아닌 그저
함께 위로해주고 공감해줄 수 있는 마음이 필요한 것
이니까요. 그리고 기댈 수 있게 내어줄 어깨가 있다면
참 좋을 것 같습니다.

대체 왜 알지도 못하면서 그렇게 해결책 만을 제시하
는지 모르겠습니다.

막상 자신들이 힘들 때 공감해주지 않으면 굉장히 성
을 내는 사람들도 많습니다.

아이러니한 일입니다.

그러니 당신의 힘듦을 다른 사람들이 이해해주지 않는다고 해서 자신의 탓으로 돌리지 마시기를 바랍니다.

힘들 수 있습니다.
눈물이 나올 수 있습니다.
해결하지 못 할 수도 있습니다.
전혀 잘못된 일이 아닙니다.

그저 아픔이 오래 지속되지 않기를 바랍니다.
시간이 흘러 힘듦을 극복하고 고개를 들었을 때 시원한 바람 한점에도 좋은 기분을 느낄 수 있는 그런 날이 오기를 바랍니다.

무엇보다 중요한 것은 당신이 행복해지는 것.

오늘도, 내일도, 지나간 과거까지도.

− 최 별 −

계절의 온도

날씨가 제법 쌀쌀합니다.

추위를 잘 느끼지 못하는 저도 이제는 반팔 티셔츠를 옷장에 넣어야 할 때가 왔다는 것을 느낍니다.

겨울이 오면 옛날처럼 눈이 한가득 쌓인 모습을 보기는 어렵지만, 가끔씩 소복소복 쌓이는 눈을 보고 있자면 괜스레 마음이 편안해 집니다.

겨울은 춥다고 이야기를 하면서 은근슬쩍 사랑하는 사람의 손을 잡을 수 있는 행운의 계절이기도 합니다. 옹기종기 모여 난로를 쬐기도 하고, 따뜻한 차 한잔을 하며 분위기를 즐길 수 있는 행복한 계절입니다.

그래서 겨울은 참 따뜻한 계절인 것 같습니다.
겉으로는 춥지만 우리의 생활은 보다 따뜻해 지기 때
문입니다.

그렇게 안온함을 느끼다 보면 어느새 꽃피는 계절, 봄
이 옵니다.
봄이 주는 따스한 햇살에 우리의 마음도 따뜻해지는
것 같습니다.

사랑하는 사람과 놀러가기에도 좋고,
아이들과 나들이 가기에도 좋은,
그저 산책만 나가도 예쁜 꽃들이 반겨주는 그런 계절
입니다.

그래서 인생에 겨울이 오더라도 잘 버텨내야 하는 것
같습니다.
시간이 지나면 언제나 그렇듯 봄이 찾아오기 때문입니다.

그렇게 행복한 봄을 보내다 보면 정열의 여름이 찾아옵니다.

여름은 굉장히 무덥습니다.

태양이 주는 뜨거움으로 걸어 다니는 바닥도 뜨거워 아스팔트도 조심해서 다녀야 할 지경입니다.

그래서 그런지 사람들은 바다를 향해, 또 산을 향해 나섭니다.

사랑을 시작하기에도 참 좋은 계절입니다.

정열적인 사랑의 시작이 당신을 기다리고 있을지도 모릅니다.

그래서 나는 여름을 사랑의 계절이라고 부르겠습니다.

여름은 푸르른 나무를 감상하기에도 안성맞춤입니다.

가만히 풀밭에 누워 푸르른 나무를 감상하며 영감을 얻기에도 좋습니다.

시원한 바람, 세상의 푸르름이 모두 나를 반기는 것만 같습니다.

사랑의 계절을 지나면 가을이 옵니다.

감성의 계절 가을에는 여러 감정들이 혼합되어 이상하게 눈물이 나기도 합니다.

가을이 주는 특유의 쌀쌀함과 분위기가 인생의 절정기를 표현하는 것 같습니다.

푸르렀던 나무가 멋을 부리고 사람도 가장 꾸미기 좋은 계절입니다.

그래서 가을이 길었으면 하지만 여름과 겨울 사이에서 점차 그 모습이 흐려지고 있어 아쉬울 따름입니다.

그렇게 가을이 주는 낭만을 즐기다 보면 어느새 겨울이 다시 돌아옵니다.

잘 있었냐고 인사라도 하듯 차가운 바람이 볼을 스칩니다.

계절은 이렇게 돌고 돌아 다시 나를 찾아옵니다.

우리의 인생도 그렇습니다.

따뜻하기도, 뜨겁기도, 차갑기도, 쓸쓸하기도 합니다.

언제나 쓸쓸하거나 차갑지만은 않다는 것입니다.

그것은 우리가 어찌 할 수 없는 자연이 이치입니다.

삶은 계절의 반복입니다.

당신의 계절이 겨울이라면 곧 올 봄을 기다리며 설레면 될 것 같습니다.

당신의 계절이 여름이라면 곧 있을 쓸쓸한 가을을 대비해야 할지도 모릅니다.

인생은 계절의 반복, 당신은 지금 어느 계절에 계신가요?

맑은 하늘, 선선한 바람,

아름다운 당신,

더 바랄 게 없습니다.

− 최 별 −

———

여행을 떠나고 싶다는 것

파란 하늘을 보고 있으면, 왠지 모르게 기분이 맑아지며 어디로든 떠나고 싶습니다.
목적지를 정한 것은 아니지만 지금 당장 주섬주섬 짐을 챙겨 떠나는 상상을 해봅니다.

기왕이면 예쁜 바다를 보고 경치가 좋은 곳에서 커피를 한잔했으면 좋겠습니다.
따뜻한 아메리카노의 진한 향이 코 끝을 감싸고 분위기 좋은 음악을 들을 때면 더할 나위 없는 힐링의 시간입니다.
아기자기한 소품 샵에도 방문합니다.

대형 기업사의 로고가 박히지 않은 개개인의 철학이 담긴 예쁜 물건들을 볼 때면 아기자기 하면서도 그 아이디어가 너무나도 신선하게 다가옵니다.

키링도 예쁘고, 감성적인 볼펜도 정말 마음에 듭니다.

그렇게 돌아다니다 보면 많은 사람들이 보입니다.

가족단위로 놀러온 사람들, 연인끼리 소중한 추억을 담고 있는 사람들,

또 그 중에서는 저처럼 혼자서 거닐고 있는 사람들도 가끔 보입니다.

어찌되었건 여행지의 사람들은 행복하고 여유 있어 보입니다.

사실 여행지가 썩 마음에 들지 않아도 현실에서 잠시나마 탈출했다는 사실에 기쁠 때가 많습니다.

언제나 그렇듯 여행을 떠나고 싶어 질 때는 고된 업무와 심리적 스트레스가 크게 작용했을 때 그랬던 것 같습니다.

그래서 여행이 생각날 때는 자신에게 큰 스트레스가 있는지 확인해 볼 필요가 있습니다. 당장 짐을 챙기기에 앞서서 날 힘들게 하는 것이 무엇인지, 현실에서 도망가고 싶은 것은 아닌지 되돌아 보았으면 좋겠습니다.

그렇게 자신의 마음을 들여다 본 후, 내가 아픈 곳을 알아갈 때
진정으로 마음에 후시딘을 발라주는 여행을 떠날 수 있을 것입니다.

가끔 그런 사람들이 있습니다.

세상에 혹, 백만 존재하는 것처럼

살아가는 사람들 말입니다.

− 최 별 −

무지개

일곱 빛깔 무지개를 보면 신기한 점이 많습니다.
가만히 보고 있으면 색과 색의 경계선에는 애매모호하
다고 말할 수 있는 색이 보입니다. 그런 색은 무슨 색이
라고 정의할 수 있을까요.

세상을 살아가다 보면 '이건 맞고 저건 틀리다' 는 식
의 흑백논리를 주장하는 사람들이 많습니다. 그런 식
으로 살아가면 소위 말하는 융통성이 없는 사람이 될
확률이 높습니다.
흑,백 논리는 아군이냐 적군이냐를 구분 할 때 쓰일 뿐,
세상을 살아가는 데에는 불편함만 초래합니다.

사람들은 다 자신만의 색깔을 가지고 있습니다.

어떤 사람은 노란색, 어떤 사람은 초록색, 또 어떤 사람은 그 둘 사이의 색깔을 가지고 살아갑니다.

그래서 우리의 세상은 수많은 색깔의 사람들이 존재하기 때문에 의견이 여러가지이고, 생각이 다 다른 것 입니다.

그러한 생각의 차이를 부정하고 단순히 흑백논리로만 살아간다면 세상에 두 종류의 사람만이 있다고 생각하는 것과 크게 다르지 않습니다.

세상은 무지개 입니다.

많은 색깔의 사람들이 각기 다른 매력을 뽐내며 살아가고 있습니다.

그래서 우리도 생각을 열고 살아야 합니다.

자신과 다른 생각을 가진 사람을 미워하지 말고 받아들여야 하며,

기준에 맞지 않는 행동을 하는 사람에게도 나름의 이유가 있는 것입니다.

그렇게 생각하며 살아 갈 때 우리의 마음은 편안해질 수 있습니다.

서로 다른 사람일 뿐입니다. 자신의 기준에 사람들을 맞추려고 하지 마세요.
그저 각자의 색깔을 존중해주고 인정해주세요.
그 사람이 자신의 색깔을 인정받을 때 비로소 당신의 색깔도 존중 받을 수 있습니다.

너무 잘하려고 애쓰지 마세요.

오히려 마음을 비우고 편안해질 때

더 성과가 좋거든요.

− 최 별 −

자신감이 떨어졌을 때 들어야 할 말

1. 생각이 너무 많으면 자신감이 떨어집니다.

   단순하게 생각하는 게 도움이 될 겁니다.

2. 당신 오늘 정말 멋있습니다.

   충분히 잘 할 수 있을 것 같아요.

3. 그 사람보다 당신이 훨씬 더 잘 할 수 있습니다.

   용기 잃지 마세요.

4. 결과에 상관없이 노력했음에 잘했다고 이야기해 주고 싶습니다.
   그것 만으로도 멋진 결과물을 낸 것입니다.

5. 당신은 당신만의 고유한 매력으로 빛나고 있습니다.
   유일한 것이기에 아무도 따라할 수 없습니다.

6. 당신에 비하면 다 별거 아닙니다.
   어차피 이길 텐데 뭐 하러 걱정합니까.

7. 조금 잘못되어도 아무 문제없습니다.
   부담감을 내려놓으세요.

8. 지나고 생각해보면 아무 일도 아닙니다.
   금방 다 지나갈 겁니다.

9. 시작도 안 했는데 자신감이 없어지는 건
   나약한 사람들이나 하는 행동입니다.

10. 이제 거의 다 왔습니다. 조금만 더 힘내세요.
    곧 결실을 맺을 날이 다가옵니다.

사람의 교양은 말에서부터 나옵니다.

− 최 별 −

말의 무게

말을 예쁘게 하는 사람은 사람을 참 기분 좋게 합니다. 말에는 내면의 온도와 가치관이 들어 있는데, 나를 존중하며 말을 했다고 느껴지는 배려에 감동하게 되는 것입니다.

아무리 좋은 옷을 입어도, 멋진 차를 타고 있어도 말을 이상하게 하는 사람은 가까이 하고 싶어 지지 않습니다. 그래서 말은 조심히 하고 예쁘게 하려고 노력해야 합니다.

말 한마디는 사람을 위로하며 힘을 줄 수 있지만, 그만큼 상처를 주고 절망에 빠트리기도 합니다.

그래서 말을 하기전에는 항상 그 무게감을 생각해야만 합니다.

말을 잘하는 것과 예쁘게 하는 것은 다릅니다.

그냥 번지르르 하게 말을 잘하는 것은 진심이 느껴지지 않습니다.

한 마디를 하더라도, 상대방을 생각하고 존중으로 대할 때 아름다운 말이 나오게 되는 것입니다.

그러니 말을 어떠한 언어적 스킬로 생각하여 예쁘게 하려고 노력하지 말고 좋은 마음을 가지도록 노력하세요.

내가 좋은 마음을 가지면 좋은 사람이 되고, 좋은 사람이 되면 예쁜 말이 나오게 됩니다.

인생의 가장 큰 낭비는

남을 의식하는 데에 있습니다.

– 최 별 –

의식하지 않는 삶

살다 보면 남 눈치를 많이 보며 살아가는 사람들이 있습니다.
이러면 어떻게 될까, 저러면 어떻게 될까 조마조마하게 살아가는데 보면 초조해 보이고 안쓰럽습니다.

궁금해서 눈치 보며 살아가는 지인에게 물어본 적이 있습니다.
왜 그렇게 남의 눈치를 보며 살아가냐구요.
돌아온 대답은

'어떻게 눈치를 안 보고 살아, 나도 그러고 싶지 않은데 살려면 어쩔 수 없는 거야.'

였습니다.

사실 일정부분 맞는 말이라고 생각합니다.
사회를 살아가면서 다른 사람의 눈치도 보고 의식도 할 수밖에 없습니다.

만약 전혀 의식하지 않고 살아간다면 그건 사회성이 떨어진다고 볼 수 있겠습니다.
여기서 이야기하고자 하는 사람은 '과하게' 의식을 하며 살아가는 사람들입니다.

'남에게 내가 뒤쳐져 보이지는 않을까' 노심초사 하고,
'요새 살이 좀 찐 것 같은데 저 사람이 나를 무시하지는 않을까' 걱정하며,
'내 패션이 다른 사람에게 나쁘게 보이지는 않을까'라고 과하게 걱정하고 있다면 꽤나 인생을 낭비하고 있다는 생각이 듭니다.

안타깝게도 사람들은 그런 당신에게 큰 관심이 없습니다.
아침에 지하철에서 보았던 사람들의 얼굴과 옷이 떠올려지나요.
점심에 식당에서 밥을 먹던 사람들이 무슨 헤어스타일 하고 있었는지 기억이 나시나요.

우리는 서로에게 생각보다 관심이 없습니다.
나와 가까운 사람도 아니고 그냥 지나가는 사람으로서 크게 신경 쓰지 않아도 되기 때문입니다.

그런데도 과하게 의식하고 눈치를 본다면 보는 사람도 불편할 뿐더러 당신의 인생조차 굉장히 불행하게 살고 있는 것입니다.

그럴 필요가 없습니다.
당신이 왜 눈치를 보면서 살아야 하나요.

그저 당당하게 할 일을 하고 사회적 규범을 지켜가며 자유롭게 살아가세요.

남의 시선 때문에 당신의 옷가지, 머리스타일, 행동거지 하나하나를 고쳐가며 살아갈 필요는 없습니다.

좋아하는 것도, 생각하는 것도 다 다릅니다.
그래서 더더욱 눈치 보며 살아갈 필요가 없습니다.

여태까지 남을 과도하게 의식하며 살고 있었다면 당장 그 생각을 고이 접어 바깥으로 던져 버리세요.

그리고 자신이 사랑하는 것들을 찾으세요.
당신의 색깔로 자신을 가꾸어 나갈 때 진심으로 아름다운 매력을 뽐내는 사람이 될 수 있습니다.

걱정할 필요 없어요.

안타깝게도 대부분의 걱정은

쓸모없는 걱정이에요.

− 최 별 −

그냥 해 봤으면

이렇게 할까 저렇게 할까 고민이 많이 들 때는 그냥 한 번 해봤으면 좋겠습니다.

물에 물고기가 있는지 없는지는 낚시대를 던져봐야 압니다.

아무것도 안하고 고민만 한다면 이룰 수 있는 것이 한 가지도 없습니다.

그래서 하지 않으면 안 됩니다. 걱정이 된다면 그냥 한 번 해보세요.

만약 실패했다면 당신은 길을 하나 깨우친 겁니다.

다시는 그 길로 가지 않겠죠.

그렇기에 도전을 두려워해서는 안 됩니다.

오히려 무릎이 깨지더라도, 달려 보고 맨 땅에 헤딩도 해봐야 합니다.

실패한다고 해서 당신의 인생이 크게 좌지우지 되지는 않습니다.

그 또한 해법이 있고 오히려 더 나은 삶을 살게 될 수도 있습니다.

하고 싶은 게 있다면 항상 도전하세요.

당신의 선택이 값진 경험과 보상을 선물할 겁니다.

나 정말 잘했어,

오늘은 분명 좋은 일이 일어날 거야.

— 최 별 —

자기 칭찬 법

한창 취업준비를 할 때가 있었습니다.

불확실한 미래에 대해 무서움이 엄습했지만 그래도 이겨내야 했습니다.

저는 마음이 약한 사람이었기에 극복하는 것이 말처럼 쉽지는 않았습니다.

그래서 아침에 일어나 샤워를 할 때 항상 주문을 외웠습니다.

'나 정말 잘 했어. 앞으로도 잘 할거야. 내가 아니면 누가 해내겠어. 나는 할 수 있어.'

이렇게 주문을 외우고 나면 괜스레 자신감이 생겼습니다.

지금은 회사에 큰 프로젝트가 있을 때 항상 아침에 똑같은 주문을 외웁니다.
별거 아닐 거라고 생각할 수도 있겠지만 주문을 외운 날은 최선을 다해서 일에 집중 할 수 있고 어떻게 든 해법을 찾아내려는 자신을 발견합니다.

자신을 칭찬하고 믿어주는 것은 중요합니다.
남이 나를 칭찬해주는 것보다 자신을 칭찬할 때 진정한 용기와 큰 대범함이 솟구칩니다.

만약 자신감이 없거나 겁이 날 때는 아침에 거울을 보며 당신을 칭찬해주세요.

'난 할 수 있다, 잘 해낼 수 있다. 역시 나 답다.'

라고 말입니다.

행복하면 그만입니다.

다른 건 생각하지 마세요.

− 최 별 −

행복의 조건

많은 것을 가지면 행복할 것 같습니다.

조금만 돈을 더 벌면 행복해질 것 같습니다.

이것만 해내면 나는 행복해질 수 있습니다.

아닙니다. 행복은 무엇을 쟁취하는 것에서 느껴지는 것이 아닙니다.

행복은 당신이 지금 행복하겠다고 생각하는 순간부터 시작되는 것입니다.

가지고 있는 것에 만족하지 못한다면 아무리 많은 것을 가져도 행복할 수 없습니다.

특히 남과 비교하며 저 사람보다 잘 살아야 된다는 생각을 가지고 있다면 이미 행복은 저 멀리 달아나 있습니다.

당신 곁에 있는 사랑하는 사람들, 오늘 나를 선선하게 해주는 시원한 바람, 기분을 정화시켜주는 따뜻한 햇살, 향이 좋은 커피 한잔, 지나가다가 보이는 귀여운 강아지까지, 우리 주변에는 행복하게 생각할 수 있는 것들이 정말 많습니다.

행복에 조건은 필요하지 않습니다.
그저 현재 있는 것들에 만족하고 지금 이 순간을 즐기며 살아갈 때 행복해질 수 있습니다.

그러니 굳이 내일을 위해 살아갈 필요도 없고 가지지 못한 것을 부러워하며 살아갈 필요도 없습니다.

지나친 욕망은 마음을 파괴시키고 시기와 질투는 생각을 더럽힙니다.

항상 행복하게 살아가기를 바랍니다. 그 시작은 지금
이 순간부터 입니다.

쓰러지고, 무너지더라도

반드시 승리하리라.

− 최 별 −

성장통

청소년기에 흔히들 다리가 당기는 성장통을 경험합니다.
성인이 되기 전 겪는 관문이라고 합니다. 그런데 어른
이 되고 나서도 성장통은 끝이 없습니다.

살아가면서 일어나는 수많은 일들은 아픔을 유발합니다.
어떨 때는 청소년때 겪었던 성장통이 더 나았다는 생
각이 들 때도 있습니다.
정신적으로 겪는 고통이 너무나도 크기 때문입니다.

그래도 시간이 지나고 나니 큰 일이라고 생각했던 것
들이

어느새 다 해결이 되고 지금은 과거의 추억으로 간직된 지 오래 입니다.

물론 그때 있었던 일로 배운 것도 많이 있고, 굳이 겪지 않았으면 하는 일들도 있습니다. 그래도 지금 똑같은 일이 일어난다면 그때보다는 훨씬 현명하게 대처할 수 있을 것 같다는 생각이 듭니다.

성장통은 살면서 필연적인 것 같습니다.
우리가 겪지 않은 일들이 아직도 많기에, 올 수밖에 없습니다.
이런 상황을 보다 현명하게 받아들이고 발전의 기회로 삼는 것도 좋을 것 같습니다.

우리의 힘든 일들, 어렵고 정말 안 될 것 같은 일들도 다 지나갑니다.
시간이 흘러 기억도 잘 나지 않는 경험이 될 것입니다.
그래서 지금 성장통을 겪고 있는 당신에게 말해주고 싶습니다.

'조금만 견뎌주었으면 좋겠습니다.

시간이 지나면 모든 게 다 괜찮아질 것이기 때문입니다.

오히려 지금을 생각하며 웃는 날이 반드시 옵니다.'

첫번째도 체력, 두번째도 체력

— 최 별 —

몸과 정신

아무리 꿋꿋하게 이겨내라고 이야기 한들, 사실 중요하게 빠진 것이 한 가지 있습니다. 바로 몸의 건강입니다.

이런 말이 있습니다.
'정신이 건강해야 몸이 건강하다.'
사실 반대의 경우도 일맥상통합니다.
저는 몸이 건강해야 정신이 건강하다고 말씀드리고 싶습니다.

건강한 몸에 건강한 정신이 깃드는 법입니다.
아무리 여유롭게 생각하려고 하고 조바심을 내려고 하

지 않아도 내 몸이 피곤하고 힘들면 어쩔 수없이 마음이 약해지는 법입니다.

그래서 항상 몸을 건강히 유지해야 합니다.
밥도 잘 먹고, 운동도 열심히 하면서 내 몸을 건강하게 만들어야 정신이 뒤 따라옵니다.

추우면 옷도 따뜻하게 입고, 날이 풀리면 산책도 하면서 항상 건강관리에 유념하시기를 바랍니다.

꽃은 가만히 보아야 예쁩니다.

당신도 그렇습니다.

− 최 별 −

당신의 꽃

누구나 가슴속에 아름다움을 간직하고 있습니다.
단지 불안함과 아픔 때문에 아직 피지 못했을 뿐입니다.

당신도 그렇습니다.
아직 피어나지 못했을 뿐 내면에는 아름다운 봉우리가
있습니다.

살면서 느끼는 여러가지 불안, 아픔, 고통의 굴레를 벗
어 던지는 날 당신은 누구보다 아름답게 활짝 피어 오
를 것입니다.

Chapter 4.

사랑받고,
행복해야 마땅한 사람

사랑이 없다면

죽은 것이나 다름없습니다.

— 최 별 —

사랑받을 자격

아시나요. 당신은 사랑받을 자격이 충분한 사람입니다. 존재 자체만으로도 고귀하고 아름다운 매력을 뿜내는 사람이 바로 당신입니다.

무엇을 하고 있던, 어떤 생각을 하고 있던, 외모가 잘 생겼던, 못 생겼던, 당신은 당신만의 매력으로 빛나고 있는 사람입니다.

그래서 항상 사랑받으며 살았으면 좋겠습니다.
따뜻한 햇살을 받으며 행복했으면 좋겠고, 사람들의 정과 사랑을 듬뿍 받으며 항상 웃으면서 살아갔으면 좋겠습니다.
넘치는 사랑에 고민과 불안함이 들어올 틈도 없었으면
좋겠습니다.

그저 당신이기에, 어떤 이유도 필요없이 당신이기에
사랑받고 행복하게 살아가야 할 이유가 있는 것입니다.

사랑은 모래알과 같습니다.

쥐려고 하면 달아나고 놔두면 따뜻이 남거든요.

― 최 별 ―

인연이 아니라면

사람을 만나고, 사랑하고, 헤어지고. 우리의 인생은 그러기를 반복합니다.

시간이 지나면 꼭 생각나는 사람이 있습니다.

깊게 사랑을 했건, 얕게 사랑을 했건, 이상하게 기억에 남는 사람들은 추억속에서 잠시 들르라고 이야기하는 것 같습니다.

사랑하고 또 사랑했던 사람이 떠나갔을 때, 우리는 너무나도 가슴 아픈 시간을 보내게 됩니다. 마치 그 사람이 없으면 단 하루도 살수 없을 것 같고, 아무 일도 할 수 없을 것 같은 기분이 듭니다.

일도 손에 잡히지 않고, 그저 눈물만 나고, 모든 연애 이야기의 가슴 절절함이 다 당신의 이야기처럼 들립니다.

그렇습니다. 이별은 정말 사람을 아프게 합니다.
만날 때부터 이별을 생각하는 사람은 없습니다. 하지만 만남이 있다면 이별이 필히 있을 터, 그것이 사랑의 끝이건, 배우자의 죽음이건 우리의 만남에는 항상 이별이 존재합니다.

노력했음에도, 최선을 다해 그와의 관계를 이어가려고 했음에도 불구하고 이별했다면 아쉽게도 인연이 아닌 것입니다. 관계는 서로가 노력하고 사랑할 때 지속될 수 있습니다. 한 사람만 노력한다고 해서 인연이 지속되는 것은 아닙니다.

그래도 후회를 남기지 않는 방법은 있습니다. 사랑하는 사람에게 항상 잘해주는 것입니다. 언제나 오늘이 마지막인 것처럼 잘해주고 사랑해준다면 이별했을 때 노력을 다한 당신은 최소한 후회는 하지 않을 것입니다.

그럼에도 불구하고 그 사람을 아직 잊지 못할 수 있습니다.

그럴 수 있습니다. 사람의 마음은 그렇게 무 자르듯 단칼에 자를 수 있는 것이 아닙니다. 그저 사람을 잊어버린다는 표현보다는 마음 한 켠의 방안에 잘 간직하는 것이 보다 쉬운 일이라고 생각합니다.

헤어진 사람에게 잊으라고 이야기하지 마세요.
그런 말보다는 마음의 방안에 그 사람을 잘 간직하라고 이야기해주세요.
나중에 보고 싶을 때 다시 꺼내 볼 수 있도록, 어느 날 문득 그 사람이 생각 날 때 추억 속으로 들어갈 수 있도록 말입니다.

인연이라면 우리는 어떻게 해서 든 다시 만나게 됩니다. 우연히 길을 가다가 마주칠 수도 있고, 다시 연락 온 그 사람과 재회하게 될 수도 있습니다.

그러나 인연이 아니라면 우리는 다시 마주치더라도 다시 사랑할 수 없을 겁니다. 당신이 잘못해서, 혹은 부족한 면이 있어서 그 사람과 끝난 것이 아닙니다. 그저 인연이 아니었을 뿐입니다.

잘 될 인연은 어떻게 해도 잘 됩니다. 그러나 안 될 인연은 무슨 수를 써서 노력을 해도 되지 않습니다.

그러니 떠나간 인연을 너무 깊게 생각 하지 마세요. 그 사람과 당신은 인연이 아닌 것입니다. 오히려 더 좋은 사람을 만날 수 있도록 세상이 당신을 도와준 것이라고 생각하세요.

시간이 지나면 모두 다 좋은 추억으로 남을 겁니다. 잊지 못해서 힘들어 했던 그 순간도, 그와 함께 했던 소중한 기억들도 웃으며 생각할 수 있는 날이 옵니다.

당신에게 평생을 함께할 인연이 꼭 찾아올 겁니다.

그때를 기다리며 자신을 사랑해주고 자존감을 항상 높여 가세요.

진정한 인연을 만났을 때 보다 꽉 안아줄 수 있게 말입니다.

당신의 가치를 알아주는 사람과 사랑하세요.

－ 최 별 －

만나지 말아야 할 사람

이 사람이 내 사람인가 할 때 체크해봐야 할 사항들이 있습니다.

만남을 생각해봐야 할 사람들은 이런 사람들입니다.

1. 이성을 심하게 밝히는 사람

   이런 사람들은 나중에 시간이 지나면 다른 사람을 찾게 될 확률이 높습니다.

2. 당신과 미래를 꿈꾸지 않는 사람

   사랑한다면 당신과의 미래를 꿈꾸며 계획을 세울 것입니다.

3. 정신적 사랑 없이 육체적 사랑만을 원하는 사람

   정신적인 사랑이 동반되지 않은 사랑은

   그저 욕구만을 채우고 싶어 하는 사람입니다.

   욕구가 채워지면 당신은 사랑받을 수 없습니다.

4. 나 만날 시간은 없고 남 만날 시간은 있는 사람

   바쁘다는 핑계로 당신을 만나지 않는 사람에게

   쓸 시간은 없습니다.

5. 자기관리를 못하는 사람

   술을 과하게 좋아하거나, 과하게 과식을 하는 사람들은

   연애를 할 때도 당신을 피곤하게 할 것입니다.

   물론 건강상태도 그리 좋지 않습니다.

6. 말만 번지르르한 사람

   실속 없이 가벼운 말로 있는 척하는 사람들이 있습니다.

   그런 사람들은 껍데기만 있을 확률이 높습니다.

7. 약속을 지키지 않는 사람

약속을 수시로 어기는 사람은 나를 가볍게 보는 사
람입니다.
당신을 소중하게 하는 사람을 만나세요.

8. 삶에 비관적인 사람

유독 자신의 삶에 불만이 많고 비관적인 사람은
당신에게 좋은 영향을 끼칠 수 없습니다.

9. 거짓말을 일삼는 사람

거짓된 사랑이 주는 불행을 겪을 필요가 없습니다.

10. 쉽게 불타오르고 쉽게 꺼지는 사람

흔히 말하는 냄비 근성의 사람들은
처음에는 엄청난 기세로 잘해주지만
식어버리면 차갑게 변해버립니다.

이 사람이 내 사람이다 싶을 때를 조심해야 합니다.

— 최 별 —

이상형

당신의 이상형은 어떤 사람인가요.

키가 크고 얼굴도 잘 생겼는데 다정하고, 섬세하고, 자기를 잘 꾸밀 줄 아는,

그런 사람이라면 참 좋을 것 같습니다.

불편한 진실은 내 주변에는 그런 사람이 없는데 가끔 친구들이 그런 멋진 사람을 연인으로 데려온다는 사실입니다.

요즘에는 이상형을 이야기할 때 외모보다는 성격이나 내면에 대해 이야기하는 분들이 많은 것 같습니다. 그

만큼 이제는 플라토닉 적인 사랑을 중요하게 생각하시는 분들이 늘었다는 이야기입니다.

사람을 볼 때는 항상 내면을 중요하게 보았으면 좋겠습니다.
사람의 외모, 즉 잘생기고 키가 크더라도 마음 됨됨이가 좋지 않은 사람은 연인이 되어서도 그리 오래가지 못합니다. 행복한 연애를 하기도 힘듭니다.

하지만 매너가 좋고 속 깊이 따뜻함을 보이는 사람은 당신을 행복하게 해주고, 시간이 지날 수록 돈독한 사랑으로 발전할 사람입니다.

당신이 사람을 볼 때 첫인상과 외모로 사람을 판단하지 않았으면 좋겠습니다.
충분한 대화로 오랫동안 그 사람과 이야기를 할 때 비로소 내면에 든 생각을 알 수 있습니다.

무조건적인 친절도, 무조건적인 매너도 좋지 않습니다.
단순히 그때 뿐일 수 있기 때문입니다. 그래서 지금 당장 잘해준다고 해서 혹 해서는 안 됩니다.

사람을 항상 오래 보고 자세히 지켜보세요.
그럼 그 사람이 정말 따뜻한 사람인지, 따뜻한 사람인 척하는 사람인지 알 수 있습니다.

결혼은 현실이다.

− 최 별 −

현실과 이상의 괴리감

사랑하는 사람과 함께하기로 약속을 하고 백년가약을 맺습니다.

행복한 신혼생활을 꿈꾸며 예쁜 드레스도 고르고 반지도 고르고 예식장도 선택합니다.

허니문도 달콤하게 다녀오고 이제 행복하게 살기만 하면 될 것 같습니다.

그렇게 살다 보니 어느새 시간이 많이 흘렀나 봅니다.

카리스마 있고 훈훈했던 남편은 어느새 축 처진 어깨와 불뚝 튀어나온 뱃살의 보통 남자로 변해버렸습니다.

아침에 일찍 일어나 아이를 등교시키고 일을 하고 집에 돌아오면 육아에 또 바쁜 저녁을 보냅니다. 남편은 무심한 것 같습니다. 집에 오면 말도 잘 안 합니다. 와이프가 회사에서 무슨 일이 있었는지, 힘들지는 않았는지, 밥은 먹었는지 물어보지도 않습니다. 이러려고 결혼했나 싶습니다.

물론 결혼은 현실이라고 많이들 이야기를 해서 어느정도는 생각하고 결혼을 했지만 이 정도일 줄은 몰랐을 수 있습니다.

그렇습니다. 결혼은 현실입니다. 생각하는 것처럼 마냥 로맨틱하지는 않습니다. 특히 사랑하고 믿음직스러웠던 남편의 변화는 예상을 뛰어넘습니다.

그래서 그런지 요새는 결혼을 안 하려는 분들이 많이 늘어나는 것 같습니다. 하도 결혼에 대해 준비할 것도 많고, 하고 나서도 그리 행복하지 못한 사람들의 이야기를 많이 들어서 그런 듯합니다.

그래도 한 가지 알았으면 하는 부분이 있습니다.

생각하는 것보다 당신의 남편은 당신을 많이 사랑하고 있을 것 같습니다.

매력적인 당신의 모습을 아직 남편은 기억하고 있을 겁니다.

살아가면서 책임져야 할 가장의 무게에 짓눌려 전보다 많이 초라 해지고 약해졌지만 그래도 당신과의 결혼 생활을 감사히 생각하고 세상으로부터 가정을 지키려고 노력할 것입니다.

잘 몰랐을 수 있지만 당신은 항상 사랑받고 있었습니다.

현실의 벽에 부딪혀 잘 보이지 않았을 뿐입니다.

그러니 결혼하신 당신, 잘하셨습니다.

그때의 좋은 선택에 사랑하는 아이들도 있는 것이고, 남편과 함께한 소중한 추억들이 존재하는 것입니다.

더욱 중요한 것은 남자들은 나이를 먹을수록 더 가정적으로 변하는 경우가 많습니다.
흔히 말하는 철드는 속도가 조금 느리기 때문입니다.

그러니 지금 집에서 불뚝 튀어나온 배를 가지고 있는 남편이라도 조금 더 예쁘고 사랑스럽게 대해주세요.
남편은 그런 당신의 배려심에 감동하고 금방 힘을 내어 또 다시 가정을 지키기 위해 최선을 다할 거니까요.

남자는 그렇습니다. 약간의 칭찬에도 신이 나서 총각 때처럼 행동하기도 하고, 약간의 혼냄에도 축 쳐져서 아저씨 같아 지기도 합니다.

사실, 남자는 당신이 하기 나름입니다.
'오늘 당신 정말 잘 했어, 고생 많았어'
이 한마디면 아마 연애할 때의 남편으로 돌아올지도 모를 일입니다.

사랑하는 사람에게 항상 잘해주세요.

마음은 꽃과 같아서 조금만 소홀해도

금방 시들어버리거든요.

− 최 별 −

좋은 사람

연애하면서 놓치지 말아야 할 사람들이 있습니다.
그 사람들은 정말 좋은 사람들이거든요.

1. 기념일이 아니어도 가끔씩 꽃 한 송이를 사다 주는
   사람

2. 자신의 일에 확신이 있고 당신과의 미래를 구체적으
   로 그리고 있는 사람

3. 배려가 몸에 배어 있어 항상 기분 좋게 해주는 사람

4. 말을 예쁘게 하는 사람

5. 나 뿐만이 아니라 내 주변 사람들에게도 잘하는 사람

6. 처음 만났을 때부터 지금까지 변함없이 나를 사랑해 주는 사람

7. 싸웠을 때 먼저 미안하다고 말해주는 마음이 넓은 사람

8. 알면서도 져 주기도 하는 여유가 있는 사람

9. 했던 말 또 해도 처음 듣는 것처럼 가만히 들어주는 사람

10. 내 말에 진심으로 공감해주고 위로해주는 사람

여자의 쇼핑은

남자에게 야근이다.

— 최 별 —

남자의 심리

쇼핑몰에 가보면 재미있는 광경이 있습니다.

남녀가 옷을 고르고 있는데 남자는 소파에 앉아서 핸드폰만 보고 있고

여자는 예쁜 옷을 계속해서 고르는 중입니다.

여자가 남자에게 이야기합니다.

"당신은 왜 내 옷을 같이 봐주지 않는 거야?"

남자가 대답합니다.

"우리 벌써 2시간째 옷만 보고 있어."

여자들은 대부분 쇼핑을 좋아하지만 남자들은 오랜 시간 쇼핑하는 것을 힘들어 합니다. 왜 힘드냐고 묻는다

면 그저 크게 관심이 없어서 라고 이야기하겠습니다.

남자친구나 남편의 심리가 이해되지 않는 분들을 위해
이야기를 해볼까 합니다.
남자들은 생각보다 단순합니다.
조그마한 칭찬에도 기분이 좋아지고, 조그마한 여자의
언짢음에도 민감하게 반응합니다.

남자들이 입을 굳게 다물고 있는 이유는 혼자서 동굴
에 들어가 해결책을 생각해야 되기 때문입니다.
여자들은 힘든 일이 있으면 이야기를 하면서 풀지만
남자들은 혼자만의 시간이 필요합니다.

그리고 깊게 생각을 한 뒤에 고민이 해결되면 그제서
야 입을 열기 시작합니다.
그래서 남자들이 입을 다물고 깊은 생각을 할 때에는
그냥 놔둬야 합니다.

'혹시 나에게 화가 난건 아닐까, 나에게 말 못하는 고민이 있는 것은 아닐까, 나에게 말을 하지 않다니 서운해.'라고 생각하지 않아야 합니다.

그냥 시간이 필요한 것입니다.

남자들은 아쉽게도 여자들의 돌려 말하기 언어를 잘 알아듣지 못합니다. 여자의 입장에서는 알아 봐주었으면 하는 바램, 또 상처받지 않았으면 하는 바램으로 돌려 말하기를 쓰지만 남자들은 돌려 말하는 방법을 모르기 때문에 여자들의 언어를 잘 인지하지 못합니다.

그래서 많은 여성들이 답답해 하고 눈치가 없다고 표현 하는 것입니다.

남자들과 더 많은 이야기를 하고 싶고 호감을 사고 싶습니까.

그렇다면 돌려 말하지 말고 직설적으로 이야기하세요.

오히려 남자들은 직설적으로 이야기하는 여성들을 더 좋아합니다.

그래야 알아들을 수 있고 털털해 보이기 때문입니다.

주변에 '나는 털털한 여자가 이상형이야.'라고 이야기하는 사람의 호감을 사고 싶다면 직설적 얘기해보세요. 아마 그 남자는 어느새 당신을 사랑의 눈빛으로 보고 있을지도 모릅니다.

남자는 여자의 몸짓언어를 잘 캐치하지 못합니다.
조금만 달라져도 서로를 알 수 있는 여자들과는 달리 남자들은 표현해주고 말로 이야기해줘야만 기분이 나쁜지, 달라진 것이 있는지 알 수 있습니다.

그것을 관심 없다고 느낄 수도 있겠지만 사실 많은 남자들이 이 부분에 대해서 억울해 합니다. 남자는 본능적으로 그런 부분을 잘 캐치하지 못하기 때문입니다.

남자는 자존심을 건드는 것을 굉장히 싫어 합니다.
아마 자신에 대한 도전으로 받아들일 확률이 높습니다.
어쩌면 남자의 자존심은 사랑보다 우선시 될 수도 있습니다.
자신을 지켜주는 보호막이기 때문입니다.

그 보호막을 깨려고 든다면, 사랑 역시 유지하기 어려울 것입니다.

그래서 남자의 자존심은 항상 지켜주어야 합니다.

제일 좋은 방법은 바로 무시하지 않고 칭찬을 많이 해주는 것입니다.

그렇습니다. 남자들은 단순하고, 언어적인 부분이 부족하고, 때로는 눈치가 없습니다.

그렇게 태어났기에 그렇습니다.

하지만 그들은 결정 능력이 있고, 믿음직스러운 면이 있으며, 책임감이 뛰어납니다.

당신의 남자에게 조금 답답한 면이 있더라도 항상 칭찬해주고 사랑으로 보듬어주세요.

그러면 반드시 남자는 최선을 다해 당신을 사랑하고 배려해줄 거라고 확신합니다.

사실 크리스마스는 핑계고,

당신이 만나고 싶었어요.

− 최 별 −

화이트 크리스마스

12월24일 크리스마스 이브입니다. 저는 여느 때처럼 혼자서 집을 나섭니다.
길거리에는 캐롤이 울려 퍼지고 크리스마스 트리 장식을 한 가게들이 많이 보입니다.

오늘은 평소에 입지 않던 겨울 롱 코트를 꺼내서 입었습니다.
커플들이 즐비한 길거리에서 후줄근하게 입고 다니는 것 자체가 자존심이 상하는 일이기 때문입니다.

어릴 때는 크리스마스때 눈이 참 많이 왔던 것 같은데 요새는 크리스마스에 눈이 내리는 것을 보기가 많이 힘들어졌습니다. TV에서는 지구온난화라고 하던데, 사실 그런 것에는 큰 관심이 없습니다. 지금 제 꼴을 보면 여자친구도 없이 혼자서 크리스마스를 보내고 있기에 그런 것은 제 관심사가 아닙니다.

어쨌든 저는 오늘도 자주 가던 카페를 찾습니다. 그 카페는 인테리어가 완벽하게 제 취향입니다. 1900년대 초반의 프랑스 가정을 재현한듯한 모던한 나무목재 인테리어가 마음을 편안하게 해줍니다.
언제나 그렇듯 콜드브루를 주문하고 다시 자리에 와서 앉습니다.

요 근래에는 취미로 인스타그램에 반려 견 사진을 올리는데 생각보다 반응이 좋아서 아주 기분이 좋습니다.

'몽실이 너무 귀여워요', '몽실아 이모가 사랑한다' 등의 반응이 주를 이루는데 볼 때마다 뿌듯합니다.

그런데 오늘은 많이들 바쁘신 것 같습니다. 원래는 사진을 올리면 댓글이 많이 달리는데 오늘은 반응이 거의 없습니다.

뭐 어쩌겠습니까. 크리스마스에는 가족과 함께하는 시간인 걸요.
저처럼 혼자 지내면서 시간이 많은 사람이나 인스타그램을 하고 있지 않을까 생각이 듭니다.

커피를 한 잔 마시면서 밖을 내다봅니다.
팔짱 끼고 걷는 연인들, 엄마 손을 잡고 웃으며 걸어가는 어린 꼬마아이, 단체로 교회를 다녀오는 듯한 청소년들, 다양한 사람들이 많이 보입니다.
저도 나중에 가족을 이룰 수 있을까요.
지금은 사실 별 생각이 들지 않습니다.
제 인생에 연애는 먼 얘기일 뿐이니까요.

그렇게 커피를 홀짝이던 중 누군가 제 어깨를 툭툭 칩니다.

고개를 돌려보니 고등학교 때 친하게 지냈던 여학생이었습니다.

"같이 커피나 한잔하자!"

그렇게 우리는 앉아서 13년동안 하지 못했던 이야기 보따리를 풀었습니다.
그녀의 대학 생활, 취업성공기, 우울증, 친구들 과의 관계 등등 많은 이야기를 들었습니다.

물론 거기에는 고등학교때 그녀에게 고백했다가 차인 제 이야기도 포함이었습니다.
이 아이는 변한 게 없습니다. 그때 그 시절 수수하게 예뻤던 외모, 털털한 성격, 그리고 말로 표현하기 힘든 순수한 영혼이 있는 그런 아이 그대로였습니다. 시간을 거슬러 13년전으로 돌아간 듯한 느낌이 들었습니다.

오랜만에 보아도 정말 매력적인 아이 입니다. 계속해서 보았으면 좋겠습니다.

물론 지금은 연락처도 모르고 그저 오랜만에 만났을 뿐이지만 앞으로도 계속해서 인연을 이어갔으면 좋겠다는 생각이 듭니다.

아직도 저는 이 아이를 좋아하나 봅니다.

그때 마침 창 밖에 흰 눈이 하나 둘 떨어지기 시작합니다. 분명히 뉴스에서 눈 소식이 없다고 그랬는데 눈이 소복소복 쌓입니다.

그녀가 얘기합니다.

"우리 나가서 눈사람 만들까?"

오늘은 화이트 크리스마스입니다.

눈이 와 서가 아닌, 그녀가 저에게 온 날이기 때문입니다.

앞으로도 그녀를 계속해서 만날 수 있을까요.

글쎄요. 모르겠습니다. 하지만 좋은 느낌이 듭니다.

오늘이 지나도 저의 마음은 항상 화이트 크리스마스일 것 같다는 느낌 말입니다.

남을 사랑하고 싶다면

자신부터 사랑하세요.

− 최 별 −

슬기롭게 사랑하기

사랑을 처음 시작하거나 서투르신 분들이 종종 겪으시
는 일이 있습니다.

모든 시간과 관계가 사랑하는 사람에게 맞춰져서 하루
를 보내는 경우 말입니다.

너무 좋아하다 보면 내 시간도 다 줘가면서 그 사람을
대하는 경우가 있는데, 사실 이런 경우는 굉장히 위험
합니다.

그 사람이 떠나고 나면 당신에게는 남는 것이 아무것도
없고, 이별의 후유증을 이겨내기 힘들기 때문입니다.

또한 사귀면서도 상대방이 나쁜 마음만 먹는다면 부당

한 대우를 받을 수도 있습니다. 흔히 말하는 가스라이
팅 사태도 이런 경우에서 일어납니다.

그래서 사랑도 현명하게 해야 합니다.
무조건적인 사랑이 아닌, 자신을 돌아보며 사랑해 나
가야 합니다.

먼저 자신을 사랑하세요. 나를 먼저 사랑하고 내 시간
이 항상 우선입니다.
당신의 시간을 조금씩 내어줄 수는 있지만 다 내어주
어서는 안 됩니다.
그건 상대방이 당신의 시간을 다 가져갈 만큼 배려심
이 없는 사람이라는 것을 뜻합니다.

당신의 시간을 소중히 여기고 취미 활동도 즐겨가면서
상대방을 사랑하세요.
그렇지 않고 상대방에게만 매달린다면 당신의 매력도
반감될 뿐더러,
정신건강에도 좋지 못합니다.

그리고 꾸준히 대화해 나가세요.

서운하고 화나는 일이 있으면 그 사람에게 내가 어느 부분이 서운한지, 어떤 부분에서 화가 났는지 이야기하고 알려주세요.

화를 내지 않고 대화를 시도해 나간다면 상대방도 화난 부분을 공감해주고 이해해줄 겁니다.

사랑은 양방향으로 소통할 때 깊어질 수 있습니다.

반드시 연인과 소통하고 이해하며 살아가세요.

그것이 보다 성숙한 사랑을 하는 길입니다.

뭐니뭐니 해도 내 옆에 있는

내 남친, 내 여친이 최고입니다.

− 최　별 −

듣지 않아야 할 조언

사람은 제 각각 생각이 다 다릅니다.
그래서 연애할 때도 서로 다른 방식으로 사랑을 합니다.

혹시 사랑하는 사람과 문제가 있어서 다른 사람에게
조언을 구하고 있나요?
이런 건 어떻게 해야 할지, 저런 건 어떻게 해야 할지
물어보고 있나요?

저는 사실 조언을 구하라고 이야기 하고싶지 않습니다.
사람들의 연애방식이 다다르기 때문에 당신에게 그 사
람의 조언이 사실은 더 안 좋은 상황으로 인도할 수 있

기 때문입니다.

맞지 않는 옷을 당신에게 입힌다고 해서 예뻐지지 않습니다.
문제의 해결은 본인의 생각으로 해 나가야 합니다.

사람들에게 생각을 물어보는 것 자체는 크게 문제가 되지는 않습니다.
그러나 그 생각 때문에 당신의 판단이 흔들린다면, 그것은 매우 좋지 않습니다.

그러므로 꼭 모든 연애에 대한 판단은 당신이 내리시기를 바랍니다.
그래야 후회도 없고 연애를 하며 배워 나가는 것도 생기기 때문입니다.
누군가에게는 그 판단이 최악일 수도 있지만 누군가에게는 최고의 선택이 될 수 있습니다.

사랑에는 정답이 없습니다.

사람과 사람이 사랑하는 곳에는 마음만이 있을 뿐.

그러니까 두려워하지 말고 당신 뜻대로 사랑하세요.

당신의 생각대로 그 사람에게 마음을 전하고, 사랑을 가꾸어 나가세요.

그것이 바로 나 다운 사랑을 하는 길의 시작입니다.

잠이 오지 않습니다.

당신 생각 때문에.

− 최 별 −

사랑하기 좋은 나이

중학교 시절, 처음으로 좋아하는 여자아이가 생겼을
때 느꼈습니다.

'사랑이라는 건 이런 거구나'

그때는 그 사랑만큼 강렬한 사랑을 다시는 못 느낄 것
만 같았습니다.
하지만 그 생각은 틀렸다는 것을 금방 깨 달았습니다.
사랑은 항상 아무 말없이 강렬하게 온다는 것을,
그리고 그런 시간이 반복된다는 것을 말입니다.

나이를 먹으면 사랑하는 감정이 없어질까요.

먼 훗날 할아버지, 할머니가 된다면 사랑의 감정이 사라질까요.

아닙니다. 우리는 평생 사랑하며 살아가는 존재입니다.

아마 눈 감는 그날까지도 사랑하며 살아갈 겁니다.

그래서 흔히들 말하는 '사랑하기 좋은 나이다'라는 말은 약간 정정이 필요합니다.

'항상 사랑하기 좋은 나이다'라고 말입니다.

지금 사랑을 혹시 망설이고 있는지 묻고 싶습니다.

아직은 공부를 해야 해서, 지금은 취업준비를 하느라, 혼자 먹고 살기도 바빠서, 이런 생각들로 사랑을 미루고 있다면 나중에 후회하게 될 수도 있습니다.

사랑은 미루는 것이 아닙니다. 지금 당신의 감정에 솔직해지세요.

오늘이 바로 사랑하기에 가장 좋은 날입니다.

Chapter 5.

당신은
그런 사람입니다

당신의 가장 좋은 친구는

바로 자신입니다.

— 최 별 —

믿어주기

항상 나 자신을 믿고 당당하게 걸어가야 합니다.

자신에 대한 믿음이 먼저 생겨야 남을 사리분별 할 수 있는 능력이 생깁니다.

자신을 믿지 못하는 사람은 모든 일에 '이건 맞을까, 저런 틀리지 않을까' 하며 걱정이 많습니다.

그러나 자신을 확실하게 믿어주는 사람은 결과를 두려워하지 않습니다.

'기필코 해내고, 잘 해낼 것이다. 결과가 좋지 않더라도 그 또한 나의 선택이니 두려워하지 말 것이다.'

그런 주문을 자신에게 항상 외우면서 살아갔으면 좋겠습니다.

자신을 믿지 못하는 사람은 남도 쉽게 의심합니다.
내 선택이 틀릴 까봐 항상 두려워하기 때문입니다.

그럴 필요 없습니다.
누구보다도 자신을 믿어줘야 할 사람은 당신입니다.
끝까지 격려해주고 믿어 주시기를 바랍니다.
그 신뢰에 자신은 좋은 결과로 보답할 것입니다.

삶은 선물입니다.

신이 주신 보너스예요.

그러니 행복하게 받아들였으면 합니다.

생각보다 그 시간이 길지 않거든요.

— 최 별 —

하루를 살아낸다는 건

매일같이 힘든 하루 속에서 살아가는 사람들이 있습니다.
표정에는 어두움이 드리우고, 행동은 확신이 없어 굼
뜹니다.
그런 분들은 여러가지 아픔과 힘듦으로 인해 행복하게
살아가는 것이 아닌, 그저 하루를 살아내고 있을 뿐입
니다.

생각 외로 가진 것이 많은 사람들도 그저 살아내는 경
우가 많습니다.
그 나름의 고통과 생각에는 큰 아픔이 자리잡고 있기
때문입니다.

그래서 하루의 의미는 여러가지입니다.

누군가에게는 행복한 하루이고, 누군가에게는 너무나도 힘든 하루일 뿐입니다.

하루를 행복하게 보낼 수 있는 방법은 없을까요.

단언할 수 있는 것은 당신의 그저 살아낸 하루는 누군가에게는 바라고 바라던 소중한 하루였다는 것입니다.

우리는 살면서 한가지 착각을 합니다.

마치 내가 평생을 살 것처럼 행동하며 살아가는 경우가 많습니다.

우리의 인생은 알 수 없습니다.

안타까운 현실이지만 우리는 당장 내일, 혹은 모레, 한 달 뒤, 언제 무슨 일이 벌어질지 알 수가 없습니다.

미래의 계획을 거창하게 세우고, 이런 일, 저런 일로 큰 걱정을 하지만 그런 일은 사실 일어나지도 않았을 뿐더러, 당신이 그렇게 낭비한 하루는 오늘을 살아가지 못한 사람에게는 너무나도 부러운 하루입니다.

그렇기에 하루를 낭비해서는 안 됩니다.
오늘이 마지막인 것처럼 행복하게 살아가야 합니다.
오늘의 행복함이 쌓여 일주일이 되고, 그 시간들이 쌓여 인생이 됩니다.

행복한 인생을 살고 싶다면 바로 지금부터 살아가야 합니다.
그래서 당신이 하루를 살아내지 말고 살아갔으면 좋겠습니다.
바로 오늘이 당신의 가장 행복한 날입니다.

마음에도 방이 있어요.

하나를 비워야 다른 하나가 들어올 수 있습니다.

당신이 못 잊는 사람, 보내주세요.

다가올 인연이 당신을 기다립니다.

－ 최 별 －

사랑에 시련이 닥쳐오더라도

둘도 없을 것 같이 행복하게 살다 가도 어느 순간 이별은 정해졌던 순간처럼 다가옵니다. 예쁘게 평생 사랑했으면 좋았겠지 만 현실은 또 다른 결과를 제시합니다.

정말 아프고 힘든 것은 그 사람은 나를 떠났는데 나만 그 시간에 머물러 있을 때입니다. 당장이라도 달려와 나에게 미안하다며 꼭 안아줄 것만 같은데, 나의 마음은 그때 그 자리에 있는데, 사랑했던 사람은 이미 먼 발치에 가 있습니다.

연인이었던 사람이 또 다른 사람을 만날 준비를 하고 있다는 사실은 더더욱 받아들이기 힘듭니다.

그런 때일수록 우리는 더욱 강해져야 합니다.

당신을 버린 사람에게 아파하기에는 당신이 너무 아름답습니다.

사람은 자신을 사랑해주는 사람을 만나야 합니다.

그 사람은 당신을 사랑하기를 포기한 사람입니다.

앞으로의 인연에는 당신을 사랑해줄 사람이 충분히 많이 있습니다.

한 사람에게 매달릴 필요가 전혀 없습니다.

앞으로 다가올 사람에게 잘 해줄 수 있도록 마음을 내려놓고 슬픔을 차곡차곡 눈물에 흘려 보내세요. 힘들 때는 울어야 합니다.

나를 위로하는 눈물을 흘리며 그 사람을 떠나 보내세요.

그리고 마음을 비워주세요.

당신을 기다리고, 사랑해줄 멋진 사람이 들어올 수 있도록 열어주세요.

당신에게 전보다 훨씬 더 좋은 사람이 함께할 거라고
확신합니다.

좋은 사람 곁에는 좋은 사람이 꼭 함께하는 법이거든요.

오늘은 그런 느낌이 듭니다.

당신 곁에 좋은 사람이 함께할 거라고요.

- 최 별 -

매력적인 사람

혹시 자신감이 없는지 묻고 싶습니다.
외모가 어떻고, 직업이 어떻고, 성격이 그래서…

이런 것들로 인해서 자신에게 매력이 없다고 생각한다
면 그 생각은 고이 접어 하늘 높이 던져버리세요.
당신은 충분히 매력적인 사람입니다.
언제나 고유한 매력을 뽐내고 있고 당신의 얼굴에는
열심히 살아온 흔적들이 아름답게 남아 있습니다.

예쁜 꽃을 보면 간직하고 싶어서 사진을 찍고 싶다는 것
아름다운 여행지에 가서 사랑하는 사람과 함께 하고

싶다는 것

어려운 사람을 보면 도와주고 싶다는 생각이 든다는 것

다른 사람을 배려하여 하고싶은 말을 참아낸 다는 것

아파하고 힘들어하는 사람에게 위로의 말을 건네고 싶다는 것

거울을 보며 오늘 잘 해낼 수 있다고 다짐하는 것

떠나간 연인의 행복을 빌어주는 것

사랑하는 사람에게 하나라도 더 해주고 싶어하는 것

산책을 하며 밤 공기의 쌀쌀함을 행복으로 느낀다는 것

나뭇잎을 보며 아름답다며 감성에 빠진다는 것

아이들을 위해서 열심히 살아왔다는 것

가정을 위해 희생을 도 맡아 했다는 것

자신을 사랑하기 위해 부단히 애썼다는 것

슬픔과 좌절에도 살아가기 위해 애썼다는 것

매력적인 이유는 정말 많습니다.

그러니 당신에게 매력이 없다고 생각하지 마세요.

당신은 충분히 아름다운 사람입니다.

강해지지 않아도 돼요.

많이 힘들었음에, 이제는 쉬어 가기로 해요.

− 최 별 −

즐거운 인생

뭘 그리 걱정하고 있나요.

일어나지 않은 일에도 큰 고민과 근심으로 하루를 보내고 있나요.

이제는 조금 내려놓을 때도 되었습니다.

당신의 인생은 항상 걱정과 고민으로 가득 찼었기에 삶이 힘들었겠습니다.

그래서 그 일들이 다 일어났는지 묻고 싶습니다.

우리의 걱정은 얼마 지나지 않아서 다 잊혀집니다.

그러니 걱정을 사서 할 필요 없습니다.

우리는 얼마든지 행복하고 즐겁게 인생을 살아갈 수 있습니다.

지금 내 눈앞에 있는 맑은 하늘이, 카페에서 즐길 수 있는 커피 한잔이, 사랑하는 내 가족이 옆에 있음에, 이런 이유만으로도 우리는 충분히 행복할 수 있습니다.

너무 많은 것에 욕심을 부리고 가지려고 한다면 평생 동안 즐겁게 살아가기는 힘듭니다. 그저 가지고 있는 것들에 대해서 행복함을 느끼고 만족하며 살아가세요.

걱정과 근심을 내려놓는 순간 내 눈앞에 있는 작은 것들도 달리 보이고 생각보다 세상은 즐겁게 살아갈 수 있다는 것을 느낄 수 있습니다.

당신을 힘들게 하는 사람을 상대하지 마세요.

도망가면 어떻고 피해버리면 좀 어떻습니까.

아프지 않는 것이 제일 중요합니다.

− 최 별 −

좋은 사람보다는 나쁜 사람

한없이 착한 당신에게 해주고 싶은 말이 있습니다.

조금은 나빠져도 됩니다. 너무 착하게만 살다 가는 당
신이 상처받고 힘듭니다.

남에게 피해를 주면 안 된다는 생각 때문에 자신의 삶
을 너무 옥죄이고 있는지도 모르겠습니다.

삶은 오롯이 당신의 것입니다.

좀 더 내려놓고 사람들을 대해보세요.

나를 굳이 숨기려고 할 필요도 없습니다.

당신의 모습에는 다른 사람들에게 없는 아름다움이 있습니다.

그 소중한 매력을 숨기지 않았으면 좋겠습니다.

오히려 드러내고 당당하게 사람들을 대했으면 좋겠습니다.

착해서 자신을 숨기고 자기주장을 못하는 것보다는 오히려 조금은 나빠지더라도 나를 드러내고 매력을 뽐내는 사람이 더 행복해질 수 있습니다.

지나간 어제를 즐거운 추억으로 간직하고

다가올 내일을 설렘으로 기다리며

지금 살아가는 오늘을 소중하게 보냈으면 좋겠습니다.

― 최 별 ―

그런 기분

그런 기분이 듭니다.

당신의 앞날은 행복이 가득할 것 같다는 기분 말입니다.

힘든 시간과 고난이 닥쳐오더라도 현명하게 이겨낼 당신이 될 것 같습니다.

그런 기분이 듭니다.

이별하더라도, 지나간 사람을 잘 보내주고 다가올 사람을 위해 마음을 열어줄 수 있는 좋은 사람이 될 것 같습니다.

그런 기분이 듭니다.

자신을 항상 안아주고, 토닥여줄 수 있는 사람이 되어 자존감이 강한 사람이 될 것 같습니다. 그래서 모든 일에 자신감을 가지고 멋진 삶을 살아가게 될 것 같습니다.

그런 기분이 듭니다.

당신의 사랑을 함께 나눌 수 있는 사람이 될 것 같습니다. 사랑이 필요한 사람에게 따뜻함을 나누고 웃음과 배려로 행복하게 해줄 것 같습니다.

그런 기분이 듭니다.

꿈을 가진 사람이 될 것 같습니다.

인생에 목표가 생겨 살아갈 의미를 찾고 그 꿈을 위해 열심히 달려가는 매력적인 사람이 될 것 같습니다.

빛을 받지 못해 웅크린 장미 한송이

그 꽃을 피우리라.

— 최 별 —

아름답고 아름다워질 당신에게

당신은 지금도 충분히 아름답고 매력적인 사람입니다.
하지만 앞으로는 더 아름다워질 사람입니다.

계속해서 자신을 가꾸고 노력해 나가고 있기에,
발전하기 위해 항상 노력하는 당신이기에 더 아름다운
고귀함을 가지게 될 것입니다.

지금 당신의 모습이 아름답지 않다고 해도 괜찮습니다.
앞으로는 아름다워질 겁니다.

당신이 지금 아름답다고 해서 나중에 그 예쁨이 사라질까 걱정한다면, 괜찮습니다.
당신은 시간이 지날수록 더욱 아름다워질 겁니다.

당신 내면에 있는 순수함과 사랑을 잘 지켜 나간다면 언제든 더 아름답게 꽃을 피울 사람입니다.

두려움 따위는 벗어 던지기를 바랍니다.
걱정 같은 것은 땅 속에 고이 묻어 버리기를 바랍니다.
지금 당신은 세상 그 누구보다도 아름답기에 항상 자신감을 가지고 살아도 충분합니다.

에필로그

아름답다고 생각하지 못하시는 분들이나 자존감이 떨어지신 분들께 이 책을 바칩니다.

많은 분들과 이야기를 하다 보면 충분히 매력적임에도 불구하고 자신의 진가를 모르시는 분들이 참 많았습니다. 그래서 그 분들께 힘이 되어드리고 싶었습니다.

당신을 본 적은 없지만 해 드릴 말은 분명합니다. 당신, 충분히 아름답고 더 아름다워질 겁니다. 그러니 기분 좋은 하루를 살아갔으면 좋겠습니다.

언제나 행복과 아름다움이 함께 하시기를 바랍니다.

감사합니다.

아름답고 아름다워질 당신에게

2023년 12월 18일 발행
2023년 12월 18일 인쇄

지은이   최별

디자인   포레스트 웨일
펴낸이   포레스트 웨일
펴낸곳   포레스트 웨일
출판등록   제2021 - 000014 호
주소   충남 아산시 아산로 103-17
전자우편   forestwhalepublish@naver.com

종이책   979-11-92473-86-4

작가님들과 함께 성장하는 출판사
포레스트 웨일입니다.
작가님들의 소중한 원고를 받고 있습니다.
forestwhalepublish@naver.com